比较文学与世界文学 研究丛书

主编 曹顺庆

初编 第 **15** 册

跨艺术比较(下)

赵 建 国 著

花木兰文化事业有限公司

国家图书馆出版品预行编目资料

跨艺术比较（下）／赵建国 著 -- 初版 -- 新北市：花木兰文
化事业有限公司，2022〔民 111〕
目 2+184 面；19×26 公分
（比较文学与世界文学研究丛书 初编 第 15 册）
ISBN 978-986-518-721-7（精装）
1.CST：文学与艺术 2.CST：文艺评论
810.8 110022066

ISBN-978-986-518-721-7

比较文学与世界文学研究丛书
初编 第十五册 ISBN：978-986-518-721-7

跨艺术比较（下）

作　　者 赵建国
主　　编 曹顺庆
企　　划 四川大学双一流学科暨比较文学研究基地
总 编 辑 杜洁祥
副总编辑 杨嘉乐
编辑主任 许郁翎
编　　辑 张雅淋、潘玟静、刘子瑄　美术编辑 陈逸婷
出　　版 花木兰文化事业有限公司
发 行 人 高小娟
联络地址 台湾 235 新北市中和区中安街七二号十三楼
　　　　　电话：02-2923-1455／传真：02-2923-1452
网　　址 http://www.huamulan.tw 信箱 service@huamulans.com
印　　刷 普罗文化出版广告事业
初　　版 2022 年 3 月
定　　价 初编 28 册（精装）台币 76,000 元

跨艺术比较（下）

赵建国 著

目

次

下 编

第一章　塞壬从神话到艺术

　　塞壬（Siren）不仅是希腊神话史诗中的海妖，而且是西方艺术史的主题。艺术史上以海妖塞壬为主题的绘画有：十九世纪瑞士画家阿诺德·勃克林的油画《塞壬》，英国画家赫伯特·詹姆斯·德拉波（Herbert James Draper, 1863-1920）的油画《奥德修斯和塞壬》以及英国画家约翰·威廉姆·沃特豪斯的油画《奥德修斯和塞壬》和《塞壬》等。文学史中书写海妖塞壬的作品有：希腊的史诗《奥德赛》和《阿尔戈英雄纪》；十九世纪法国象征主义诗人马拉美有两首诗是关于海妖塞壬的；加拿大当代诗人、小说家玛格丽特阿特伍德写作过诗歌《塞壬之歌》；美国当代诗人罗伯特·哈斯也有书写塞壬的诗。契诃夫的短篇小说名为《塞壬》，但写的是吃喝的诱惑；安徒生的童话《海的女儿》以及卡夫卡的散文《塞壬的沉默》等。此外，法国作曲家德彪西的音乐《夜曲》第三乐章为《塞壬们》（Sirenes）。丹麦雕塑家爱德华·艾瑞克森（Edvard Eriksen）根据安徒生童话《海的女儿》的美人鱼雕塑。本文拟就有关塞壬主题的绘画与诗歌转换，探讨塞壬的题材史以及不同艺术之间的互文性关系。

　　据记载："塞壬是希腊神话中的女妖，人首鸟躯，河神阿克洛奥斯与缪斯女神墨尔波涅所生（《文库》I3,4）其母或为忒尔普西科瑞（《阿耳戈斯英雄纪》893-896），或为斯忒罗佩之女（《文库》I7，10）。他们继承其父暴戾的天性，又继承其母缪斯女神神奇歌喉。其数或为2-3，或不可胜计（《阿耳戈斯英雄纪》IV 892 等）她们栖身于峭壁悬崖之上，四周堆满尸骨以及干枯的人皮，——为塞壬歌声所诱而丧生者不可胜数。相传，塞壬原为美丽的海中少女，佩尔塞福涅被冥王哈得斯劫走时，她们袖手旁观，德墨忒尔让她们长出鸟的利爪。另说，她们曾博得女神得墨特尔的欢心（《阿耳戈斯英雄纪》IV 896-

898）奥德修斯一行通过该岛时，奥德修斯以蜡封住同伴的耳朵，又命同伴们将他牢牢缚于桅杆之上，他们始逃脱塞壬歌声的诱惑，幸免跳海丧生（《奥德修纪》Ⅶ166-200）女妖因而投海，化作岩石。又说，"阿尔戈斯英雄"途经此处时，奥尔甫斯以其美妙的歌声和琴声深深吸引同伴，因而得以安然通过。女妖已当即身亡。"[1]这段有关海妖塞壬的神话综合了荷马史诗《奥德赛》、阿波罗多洛斯的《神话文库》以及阿波罗尼俄斯的《阿耳戈英雄纪》中的不同记述。塞壬或为天生的美人鸟，或为先是人形后又长出利爪，变成人鸟。她暴戾的天性与神奇的歌喉是父母的遗传所致。

荷马史诗《奥德赛》共有三处讲到了海妖塞壬：女神喀耳刻的预言性描述，奥德修斯向同伴的转述以及遭遇塞壬的现场叙述。奥德修斯要离开女神喀耳刻时，喀耳刻有这样的告诫：

> 你首先将会见到塞壬们，她们迷惑 / 所有来到她们那里的过往行人。 / 要是有人冒昧地靠近她们，聆听 / 塞壬们的优美歌声，他便永远不可能 / 返回家园，欣悦妻子和年幼的孩子们； / 塞壬们会用嘹亮的歌声把他迷惑， / 她们坐在绿茵间，周围是腐烂的尸体的 / 大堆骨骸，还有风干萎缩的人皮。[2]

> 奥德修斯向同伴转述："这时我心情忧伤，对同伴们这样说： / 朋友们，不应该只有一两个人知道， / 神女中基尔克对我预言的事情， / 因此，我现在想你们说明，让你们也清楚， / 我们是遭毁灭，或者免于死亡得逃脱。 / 她要我们首先避开神奇的塞壬们的 / 美妙歌声和她们繁花争艳的草地。 / 她说只有我可聆听歌声，但需被绳 / 索牢牢捆绑，使我只能待在原处， / 缚在桅杆支架上被绳索牢牢捆紧。 / 如果我恳求、命令你们为我解绳索， / 你们要牢固地用绳索把我捆绑。"[3]

《奥德赛》中这两段转述，叙写海妖塞壬的残忍本性，其目的是渲染气氛，制造紧张，增强叙述的吸引力。公元前 3 世纪罗德的阿波罗尼奥斯写的叙事诗《阿耳戈英雄纪》中，塞壬有三个，一个弹拨金竖琴，一个在吹笛子，

---

1 魏庆征编，《古代希腊罗马神话》，北岳文艺出版社，1999 年，877-878 页。

2 ［古希腊］荷马，《奥德赛》卷十二，王焕生译，人民文学出版社，1998 年，248-249 页。

3 《奥德赛》卷十二，253-254 页。

第三个在唱歌。一般而言，塞壬是复数，意指塞壬们。

海妖塞壬用歌声诱惑的主要是两位希腊神话中的英雄：伊阿宋和奥德修斯。抵御塞壬诱惑的是阿尔戈英雄中的俄耳甫斯，他弹奏竖琴令塞壬亦为之倾倒。《阿耳戈英雄纪》这样叙述：

> 但是欧格洛斯之子，色雷斯人俄耳甫斯在手中为比斯托尼亚竖
> 琴调好琴弦，并演奏起一支快节奏乐曲的疾速旋律，让他们的听觉
> 被同时响起的拨弦声扰乱。最终，琴声盖过了少女们的歌声。4

另一位是特洛伊战争英雄奥德修斯，他让手下的海员以白蜡封住双耳，将自己绑缚在桅杆上，塞壬引诱失败。两位英雄抵御诱惑的方式不同：一个主动出击，一个被动封耳。当歌声遭遇琴声，人声甘拜下风。英雄战女妖作为一种古老的神话母题，在有关塞壬的神话叙述中转化成了两性对抗。这种英雄叙事中已削减浓厚的暴力色彩和血腥屠杀，与其说是一种英雄难过美人关的考验，还不如说是音乐成为一种不可抗拒的诱惑力。

十九世纪法国象征主义诗人马拉美至少有两首关于塞壬的十四行诗篇。其一名为《礁石》又译为《塞壬》，诗写到：

> 在那幽暗的礁岩的
> 卑微与窒人的赤裸里，
> 在那号角颓然
> 驯顺的回声里，
> 怎样坟茔般的沉溺
> （你知道，浪花啊，并垂涎窥侍）
> 沉船间涌起一个接天巨浪，
> 那落帆桁杆的桅樯便被吞噬。
>
> 波涛汹涌
> 宛若从长空坠落
> 向浩淼深渊翻腾，
> 在那飘拂着的海之银发间
> 将美人鱼那稚嫩洁白的香肋

4　［古希腊］阿波罗尼俄斯，《阿耳戈英雄纪》，罗逍然译笺，华夏出版社，2011年，180-181页。

淹溺亲吻。[5]

马拉美诗中的美人鱼即是海妖塞壬。巨浪翻滚的大海冲击着礁石，毁坏吞噬着奥德修斯的航船，海妖塞壬在海浪中嬉戏，大海与塞壬合二为一，浑然一体。马拉美的诗歌《礁石》虽未直接点出海妖塞壬，但暗示隐匿的塞壬形象却呼之欲出。美国学者理查德·巴克斯顿指出："希腊人经常谈到大海的这种双重特征。诗人西摩尼德把海洋比喻成女人，一种深不可测的存在，如果你试图驯服她，反而有可能令她释放暗藏的残暴野性：她有两副性格……就好像大海，在夏日里波澜不惊，让海员们感到欣慰；然而，它常常又变得狂呼咆哮，将浪涛高抛起并发出雷鸣般的轰响。女人在性情方面与海洋最相像。同大海一样，她的本性变化无常。"[6]将美人鱼和大海类比等同，旨在说明海妖塞壬性情多变，反复无常。

马拉美在另一首名为《致读者》又译为《致敬》的诗中也暗示了海妖塞壬。诗中写道：

> 这些浪花轻翻的处女作无足轻重，
>
> 仅供船船舷剪裁杯边慢吟，
>
> 怅遥遥岁月沉醉多少天才歌手，
>
> 是非功过全在她们浅笑轻颦。
>
> 形形色色的朋友呵，我们是同舟共济的人群，
>
> 你们在船头，我在船尾紧跟，
>
> 你们劈涛斩浪、迎击严冬，
>
> 我用诗句酿造征途的甘醇；
>
> 怡然的陶醉占据了我的心灵，
>
> 那管他浪打风吹的颠簸劳顿，
>
> 仅将这崇高的敬意献给你们，
>
> 使孤独、吟诵、星辰
>
> 成为多少有味的事情，
>
> 并值得我们的征帆送一瓣洁白的吻。[7]

5　［法］马拉美，《马拉美诗全集》，葛雷，梁栋译，浙江文艺出版社，1997 年，111 页。

6　［美］理查德·巴克斯顿，《想象的希腊：神话的多重语境》，欧阳旭东译，华东师范大学出版社，2014 年，95 页。

7　《马拉美诗全集》，7 页。

　　这首诗含蓄隐晦，充满了隐喻。它讲述了一个关于泡沫、航海和塞壬的故事。诗中虽未出现塞壬的形象，但是"大海"、"少女"、"歌声"等意象暗示了塞壬。法国学者马拉美的研究专家雅克·朗西埃指出："马拉美把她们变成了诗歌本身的象征，变成了歌声的力量。这歌声在同一时间既能被听到，又能沉默。塞壬不再是虚构出来的骗人的生物，而是虚构本身的行动和悬止：故事转变成转瞬即逝的假设"[8]塞壬在诗中是诗歌的象征隐喻，欲借塞壬说明马拉美的诗学主张。

　　大约公元前 5 世纪希腊瓶画中海妖塞壬的形象为人首鸟身，有双翼和鸟爪。更为古老的形象来自雕塑中鸟的造型。古老的海妖美人鸟形象经中世纪渐变为美人鱼形象。丹麦作家安徒生的童话《海的女儿》就属于这类形象。西方绘画基本沿着海妖塞壬的两个形象系统取材，一为美人鸟系统，一为美人鱼系统。例如十九世纪英国画家沃特豪斯的油画《奥德修斯和塞壬》就是美人鸟形象。这幅油画选取了荷马史诗《奥德赛》中奥德修斯途遇海妖塞壬的情境。奥德修斯被绑在桅杆上，七个黑色的塞壬盘旋在他的周围，水手们惊恐万状，不知所措。其中一个黑色的塞壬与船中一水手近距离对视，让观者胆战心惊。画中的塞壬为美人鸟系统。沃特豪斯还有一幅名为《塞壬》的油画，画中的塞壬则为美人鱼形象，画中塞壬坐在岩石上，上半身是人形，下半身是鱼尾。她手持里尔琴，面无表情，海中一男子挣扎着想要接近她。

图片来自网络。演奏着龟壳制成的里拉琴的塞壬，公元前 370 年。

8　［法］雅克·朗西埃，《马拉美：塞壬的政治》，曹丹红译，河南大学出版社，2017年，27 页。

图片来自网络。Archaic perfume vase in the shape of Siren, c. 540 BC。

资料来源：网络。约翰·威廉·沃特豪斯（John William Waterhouse1849-1917），《奥德修斯和塞壬》（1891）100cm×201.7cm，澳大利亚维多利亚国家美术馆。

　　与沃特豪斯同时代的英国画家赫伯特·詹姆斯·德拉波同名油画《奥德修斯和塞壬》则属于美人鱼系统。画中的背景是大海，船、奥德修斯和水手、以及塞壬们构成整幅画面。奥德修斯仍被绑在桅杆上，双目圆睁，惊恐不已，水手们奋力划船似要挣脱塞壬们的纠缠，三位塞壬仅有一个为人身鱼尾，其余为裸体少女。她们爬上帆船，姿态各异，面对水手们似乎张嘴歌唱，用歌声诱惑。这是一个塞壬们与奥德修斯的水手们紧张对峙的瞬间。如果将马拉美的诗歌《礁石》(《塞壬》)和德拉波同名油画《奥德修斯和塞壬》比较来看，他们的诗与画较为接近类同。

资料来源：网络。赫伯特·詹姆斯·德拉波（Herbert James Draper，1863-1920）《奥德修斯和塞壬》（1910 年），英国赫尔河畔金斯顿费伦斯艺术博物馆。

　　然而，马拉美的诗歌毕竟不是主题明确的塞壬之歌。加拿大当代著名诗人、小说家和批评家玛格丽特·阿特伍德（Margaret Atwood）曾写过一首名为《塞壬之歌》的诗，其诗如下：

　　　　这是一支每一个人

　　　　都乐于学唱的歌：它

　　　　不可抗拒：

　　　　这支歌迫使男人们

　　　　一群群地跳出船外

　　　　尽管她们看到了那些搁浅的头盖骨

没有人知道这支歌
因为凡是听到过的人
都已死去，而其他人却不能记起。

我要不要我来告诉你这个秘密
如果我告诉你，你会不会帮我
摆脱这身鸟儿的衣裳？

我不喜欢这里
蹲在这个岛上
和这些两翼疯子们一起

看上去既是一幅画又如同虚构
我不喜欢唱
这只三重唱，致命而珍贵。

我将告诉你这个秘密，
告诉你，只告诉你。
走近些。这支歌

是一声呼救：救救我！
只有你，只有你能，
你独一无二

最终。唉！
这是一支令人厌烦的歌
但它每一次都奏效。[9]

Siren Song

This is the one song everyone

would like to learn: the song

that is irresistible:

the song that forces men

to leap overboard in squadrons

9　［加］玛格丽特·阿特伍德，《吃火》，周瓒译，河南大学出版社，2015年，235-237页。

even though they see the beached skulls

the song nobody knows

because anyone who has heard it

is dead, and the others can't remember。

Shall I tell you the secret

and if I do, will you get me

out of this bird suit?

I don't enjoy it here

squatting on this island

looking picturesque and mythical

with these two feathery maniacs,

I don't enjoy singing

this trio, fatal and valuable。

I will tell the secret to you,

to you, only to you。

Come closer. This song

is a cry for help: Help me!

Only you, only you can,

you are unique

at last. Alas

it is a boring song

but it works every time。[10]

　　玛格丽特·阿特伍德的诗作名为《塞壬之歌》,但这是一首什么样的歌?塞壬唱的是什么?早在荷马史诗《奥德赛》中塞壬这样发出嘹亮歌声:

　　　　光辉的奥德修斯,阿开奥斯人的殊荣,

　　　　快过来,把航船停住,倾听我们歌唱。

　　　　须知任何人把乌黑的船只从这里驶过,

　　　　都要听一听我们唱出的美妙歌声,

---

10 https://www.poetryfoundation.org/poetrymagazine/poems/32778/siren-song

> 欣赏了我们歌声在离去，见闻更渊博。
>
> 我们知道在辽阔的特洛亚阿尔戈斯人
>
> 和特洛亚人按神明的意愿忍受的种种苦难
>
> 我们知悉丰饶的大地上的一切事端。[11]

　　塞壬们究竟唱什么歌？其实是一个难解的谜题。诗中男人为歌声而死，没有人知道她们唱的是怎样的歌。《塞壬之歌》中的塞壬们厌倦了被束缚囚禁的生活。她虽有鸟的躯体，但有思想有灵魂有情感，渴望过自由独立的生活。她不想唱，这才是真实的内心世界。阿特伍德的诗对塞壬之歌的书写正是一个从设谜到解谜的过程。谜底是"救救我！"。塞壬祈求脱离无休无止的苦海，渴望得到帮助解脱。然而，这一切只能化为一声叹息，命运无法改变。公元前四世纪末，希腊作家帕拉埃法图斯在一部书中说："海妖是妓女！优雅只是她们的外表，下面掩藏着尽是恶，背信弃义和死亡。"[12]阿特伍德以女性主义的视角，重新审视古老的塞壬神话，撕下了男性伪善的面具，表现女性的抗争和自我意识的觉醒，为塞壬们被描述被囚禁的命运发声呐喊。神话中海洋与预言相联系。"在大海发出的各种喧嚣声中——如海妖塞壬那充满诱惑的歌声、狂怒的波塞冬发出怒吼与击打声——也包含了预言者那坚定而深具权威的声音。"[13]阿特伍德的《塞壬之歌》是一首向权威偏见和男权中心宣战的诗作。

　　当代美国诗人罗伯特·哈斯有首《妒羡他人的诗》，也是书写海妖塞壬的，诗中说道：

> 在传说的一个版本里塞壬不会唱歌。
>
> 只是在一个水手的故事里她们会。
>
> 那么，奥德修斯，被绑在桅杆上，被听不见的
>
> 音乐所折磨——跌荡的大海，
>
> 陡峭的风，鸟儿们离岸的饥饿——
>
> 而沉默的女人们为护盖花园收集海藻，
>
> 看着他竭力要挣脱缆绳，看着
>
> 他眼里可怕的渴念，在岩石
>
> 林立的荒岛上，被她们想象的

11　《奥德赛》，254-255 页。

12　[法] 东代著，《海妖的歌》，陈伟丰译，　上海人民出版社，2004 年，20 页。

13　《想象的希腊：神话的多重语境》，98 页。

　　他对未唱之歌的想象，永远改变。[14]

　　罗伯特·哈斯的诗几乎就是沃特豪斯的油画《奥德修斯和塞壬》的绘画再现和情境还原。希腊神话研究专家法国学者让·皮埃尔·韦尔南指出："塞壬女妖并非杀人凶手，而是引诱的化身；她们不只用歌声造成感官上的诱惑，更带来追求知识与真理的引诱。但在这种这种引诱的背后潜伏的，就是死亡。"[15]塞壬们在用歌声诱惑奥德修斯的同时，也指出了人类知识理性的局限性。既使是被看成是智慧化身的奥德修斯，仍然有其局限"塞壬的传说象征着声音的诱惑。塞壬歌唱之时，她诱惑我们放弃清醒的判断，跨越理性的边界"[16]因此，塞壬的歌声不仅仅是一种诱惑，而是一种警示，人类应该用理性来进行自我约束，而非放纵。

　　十九世纪德国诗人海涅曾写过一首名为《罗蕾莱》的诗，它是海妖塞壬的德国版本。诗中海涅深情地唱道：

　　　　我不知道什么缘故，

　　　　我是这样悲哀；

　　　　一个古老的童话，

　　　　我总是不能忘怀。

　　　　天色晚，空气清凉

　　　　莱茵河静静流淌；

　　　　落日的光辉

　　　　照耀着山头。

　　　　那最美丽的少女，

　　　　坐在上边，神采焕发，

　　　　金黄的首饰闪烁，

　　　　她梳理金黄的长发。

　　　　她用金黄的梳子梳，

14　［美］罗伯特·哈斯《亚当的苹果园》，远洋译，王冠校，江苏凤凰文艺出版社，2014 年，3 页。

15　［法］让·皮埃尔·韦尔南，《宇宙、诸神与人》，马向民译，文汇出版社，2017 年，133 页。

16　［美］芮塔·菲尔斯基 Rita Felski，《文学之用》（Uses of literature），刘洋译，南京大学出版社，2019 年，112 页。

还唱着一支歌曲；

这歌曲的声调，

有迷人的魅力。

小船上的船夫，

感到狂想的痛苦；

他不看水里的暗礁，

却只仰望高处。

我知道，最后波浪

吞没了船夫和小船；

罗蕾莱用她的歌唱

造下了这场灾难。[17]

海涅的诗《罗蕾莱》讲述了一个凄美的童话。"罗蕾莱 Lorelei 原系欧洲莱茵河上一块能发出回声的悬岩的名称。后在民间传说中被喻作一个美貌的女妖。据说，有一美丽的少女因情人的不忠实，愤而投河自尽，死后化为水妖。因心中怀着怨念，故而在莱茵河中用歌声引诱路过的男子投河自尽。坐在这块岩石上，用歌声引诱船夫触礁沉船。德国作家用这个题材写作戏剧和歌曲，其中以海涅这首诗最为著名，并经弗朗兹·李斯特配曲。"[18]岩石与少女互换，她虽不叫塞壬，有凄美的过往，但她的歌声同样给人造成灾难，又与塞壬境遇相似。这首诗表达了诗人海涅对少女罗蕾莱的同情悲哀与惋惜。

二十世纪美国自白派女诗人西尔维娅·普拉斯也根据这个童话写作了诗歌《洛勒莱》。其诗如下：

这不是沉没的黑夜：

一个满月，河水缓缓流过

温和的月光下是黑色

蓝色的水雾下滴

一层层薄纱像渔网

但渔夫们在睡觉，

17　［德］海涅，《海涅诗选》，冯至译，人民文学出版社，1978 年，5-6 页。.

18　《海涅诗选》5-6 页，页下注。

结实的城堡塔楼

在静静的玻璃镜中

加倍扩大。这些形状向我

漂浮过来，扰动了

寂静的脸。从最低处

他们升起，他们的肢体

巨大而笨重，头发比雕刻的

大理石还重。他们歌唱

一个世界更充实，更

清澈。姐妹们，你们的歌声

太沉重

给有涡的耳朵听

这里，在航行良好的国度，

在平衡的统治下。

被和谐所扰乱

在世俗秩序之外，

你们的声音包围。你们躲在

梦魇般的暗礁上

许诺安全的停泊处；

白天，从倦怠的边缘

从高高的窗户

窗台上歌唱。甚至

比你们狂怒的歌声

更糟，你们的沉默。源于

你们冰心的召唤——

陶醉于巨大的深度。

哦河流，我看见漂流于

你银色之流的深处

那些伟大宁静的女神

石头，石头，把我渡向那里。

1958 年 6 月[19]

西尔维娅·普拉斯诗歌《洛勒莱》的题材与诗人海涅的诗歌《罗蕾莱》一样来源于德国童话，普拉斯是听母亲讲述的，她的母亲是奥地利裔美国人。这首诗主要不是洛勒莱悲情故事的叙述，而是想象性景象的描述。如黑色的河水、沉没的黑夜、沉重的塔楼等意象都是想象的幻景，她诗中的洛勒莱已不是海涅诗中因爱殉情的少女"罗蕾莱"，而是沉默的塞壬们，只不过她们的歌声被另一个强大的狂怒的歌声所包围所淹没，像塞壬一样的洛勒莱仅是一种象征性的存在。在普拉斯的另一首诗《渡水》（或译为《涉水》）中有这样的诗句："星星在百合花丛睁开眼睛／如此无情的塞壬没有把你变成石头？／这是震惊的灵魂瞬间特有的沉默。"[20]塞壬可以把人变成石头，这是塞壬神话的另一种德国版本？还是塞壬神话与美杜萨神话的混用？普拉斯是无意混淆，还是有意并置？不得而知。普拉斯诗《洛勒莱》与《渡水》极为相似，不是书写塞壬们充满诱惑的歌，而是书写沉默的塞壬。

美国另一位女诗人露易丝·格丽克也写过《塞壬》的诗：

当我坠入爱，我就犯了罪。

以前我是个女招待。

我不想和你一起去芝加哥。

我想和你结婚，我想

让你的妻子受折磨。

我想让她的生活像一出戏

戏里所有的角色都悲伤不已。

一个善良的人

会这样想吗？我称得上

勇气可嘉——

我坐在你家门廊的黑暗里

对我来说一切都清楚：

---

19 ［美］普拉斯，《普拉斯诗选》，陆钰明译，花城出版社，2014 年，10-12 页。

20 ［美］罗伯特·罗威尔等著，《美国自白派诗选》，赵琼，岛子译，漓江出版社，1987 年，92 页。

如果你妻子不让你走

那就证明她不爱你。

如果她爱你

难道她会不想让你幸福？

如今我想

如果当时少一些感觉，我就会

是一个更好的人。我本来

是个不错的女招待。

我能端八份饮料。

我曾经给你讲我的梦。

昨天夜里我看到一个女人坐在黑暗的巴士里——

梦中，她在哭泣，她乘坐的巴士

正在离去。一只手

她挥动着；另一只手抚摸

一个盛满了婴儿的鸡蛋托。

那个梦并不能挽救那位女士。[21]

露易丝·格丽克的诗《塞壬》对古典神话做现代改写改编。把女妖塞壬写成了一个能歌唱的女招待，讲述了一段她的短暂恋情，是一个老套的始乱终弃的故事。这首诗古典与现代、梦境与现实交织穿插，书写了女招待的悔恨与悲伤。

1996 年诺贝尔文学奖获得者波兰诗人维斯拉瓦·辛波丝卡（Wislawa Szymborska，1923-2012）又译为维斯拉瓦·希姆博尔斯卡，她曾也写过一首《美人鱼岛》的诗，是有关海妖塞壬的诗。诗写道：

她们站在海岸上，

梳理着头发，

唱起美妙的歌，

随着微小的波浪，

追逐着那些白帆，

---

21 ［美］露易丝·格丽克（Louise Glück，1943-）《直到世界反映了灵魂最深层的需
　要：露易丝·格丽克诗集》，柳向阳译，上海人民出版社，2016 年，167-168 页。

歌声飘扬不断，
谁会受到迷惑。
便会丧失意志，
离开自己的原路，
朝海岛方向游去。
他太不幸了！太不幸了！
从此他再也不能回来了！
是这种迷人的歌声
迷住他的心灵。
姑娘们欢笑着，
把细沙撒在
人们的颅骨上。
了解此事的奥德赛，
便用蜡堵住了
船员们的耳朵。
他命令船员们，
将他捆绑
在桅杆上。
要绑的紧紧的，
越紧越好。
今天她们就是放声歌唱，
也会徒劳无功，
绳索会将我保护。
可是那些美人鱼，
比人们梦见的
还要美丽。
啊，她们是那样的美，
会令你呼吸短促，
喉咙里会发出叹息。
奥德赛感受到
绳索把他捆绑在

白帆的下面。
快把我解开！——他朝
自己的船员大喊大叫：
我想留在这里！
但船员们却没有听见，
依然继续前行，
直至歌声消失。

这个令船员胆战心惊
出自希腊神话的海岛，
到底坐落在什么地方？
海岸已经空荡，
仿佛此地已被巨风
横扫而过。
美景也已
脱离罪恶。
歌声已逝，
又是谁在歌唱？
也许是这巨风
把带刺的铁丝吹响。
魔法失灵了，
神话已成过去，
谁会把它忆起……
爱琴海岛，
赤裸而傲然
挺立在海中。
美妙的景色
不再为暴力效劳。
面具已被撕下。
欺骗就是欺骗，
真理就是真理，
背叛就是背叛。

耳不再受迷惑,

眼不再有幻觉,

这是错误的形象。

不再需要蜡了,

也用不着绳索,

事情就是如此简单。

我说的这件事情

只有一个地址,

一个明确的地址。

红色的风帆

美得有如朝霞,

正在海中航行。

你们想在黑暗和寂静中

把这座岛屿占领,

那纯粹是狂想。

奥德赛

和他的伙伴们

已经高举紧握的拳头。[22]

    辛波丝卡的诗《美人鱼岛》所写的海妖塞壬属于"人鱼"系统。诗的前两节基本上是对荷马史诗《奥德赛》的重述,后两节诗从神话转入对现实的思考,结合诗歌写作于 1950 年代,历经第二次世界大战,苏联入侵捷克等历史时间,诗歌所要表达的主旨一目了然:无论是美妙的歌声,还是欺骗的宣传,都无法掩盖事实真相。诗人辛波丝卡大胆表露了对侵略占领的抗议,坚信正义能够战胜邪恶。

    从古希腊神话史诗到沃特豪斯和德拉波的油画,从马拉美的两首诗歌到阿特伍德的《塞壬之歌》以及罗伯特·哈斯的《妒羡他人的诗》与海涅的诗《罗蕾莱》以及西尔维娅·普拉斯诗歌《洛勒莱》等,西方艺术关于海妖塞壬的书写形成艺术主题史,并且这些艺术文本之间相互交涉。无论是文学文本,还是艺术文本,都以互文性的方式派生而来。马拉美、阿特伍德、哈斯、海涅

---

22 [波兰]维斯拉瓦·希姆博尔斯卡,《希姆博尔斯卡诗集Ⅰ》,林洪亮译,东方出版社,2019 年,85-88 页。

和普拉斯的诗以及沃特豪斯和德拉波的油画都是由希腊神话史诗派生而来，是超文，它们的底文则是希腊神话史诗。一篇文本从另一篇已然存在的文本中派生出来的关系，更是一种模仿和戏拟。仔细分析，除了阿特伍德的诗《塞壬之歌》明显具有戏拟反讽的风格外，沃特豪斯和德拉波的油画，罗伯特·哈斯的《妒羡他人的诗》，辛波丝卡的诗《美人鱼岛》和海涅的诗《罗蕾莱》则是对古老神话的模仿。阿特伍德《塞壬之歌》主要是颠覆传统塞壬的形象以及偏见，解构男权社会既定的秩序，为女性伸张正义。马拉美关于塞壬的两首诗既非戏拟，也非模仿，更多具有隐喻象征的意义。

　　综上所述，由希腊神话至中世纪，塞壬形象展现为两个系统：美人鸟与美人鱼。艺术史上这两个系统的艺术文本交替再现，构成较为宏大的塞壬题材史。罗蕾莱则是塞壬神话的变体或异文。虽然书写塞壬的不同艺术文本叠加交织，但题材相对一致。考察塞壬形象在艺术史上的嬗变以及它被不断重写改写再现的历史，不难发现，海妖塞壬的主题史不仅具有文化意义，而且还具有艺术史的价值。尤其是以海妖塞壬为题材的各类艺术文本之间形成的互文性现象，对于解读一种艺术如何转换为另一种艺术，艺术之间的转换是否有迹可循以及跨艺术比较的理论和方法如何建构等问题提供了可资镜鉴的个案。

　　说明：原文发表于《神话研究集刊》，（第 3 集）巴蜀出版社，2020 年，收入此书又略作了补充修改。

第二章　丽达与天鹅从神话到艺术

　　"丽达与天鹅"是西方艺术史上反复出现的题材之一，从古希腊到当代艺术累积形成较为庞大漫长的题材史。长久以来，专家学者们认为，这个题材源自希腊神话，逐渐演变为绘画史上反复借用的题材。从罗马庞贝的壁画到意大利文艺复兴时期画家柯勒乔、达·芬奇、米开朗琪罗、拉斐尔、鲁本斯、布歇；从塞尚、马蒂斯、托姆布雷到达利等人都创作过同名的画作。除绘画外，这个题材还被其他艺术形式再现，如法国的作曲家加米尔·圣-桑（Camille Saint-Saens，1835-1921）创作了著名的交响乐《天鹅》；1964年，导演库尔特克（Kurt Kren）制作了电影版本的"丽达和天鹅"；意大利当代雕塑家贝内托·罗扎也曾创作同名雕塑《丽达与天鹅》。法国学者朱丽娅·克里斯蒂娃提出："任何本文都是对其它本文的吸收和转化。"[1]这些艺术文本之间的吸收转换构成互文性。"丽达与天鹅"从一种艺术转换为另一种艺术以及它的题材史，即是跨艺术比较研究的重要课题。在"丽达与天鹅"从神话到艺术的演化中，最著名的莫过于达·芬奇和叶芝的同名诗画。

1　［法］朱丽娅·克里斯蒂娃，《主体·互文·精神分析:克里斯蒂娃复旦大学演讲集》，祝克懿，黄蓓译，附录一：互文性理论的产生与发展，生活·读书·新知三联书店，2016年，150页。

图片来自网络。庞贝壁画，《丽达与天鹅》。

丽达与天鹅的艺术题材源头指向古希腊，希腊的典籍是如何讲述这个神话的呢？据记载："相传，勒达与主神宙斯生波吕克斯和海伦。一说，宙斯化为天鹅向勒达求爱，勒达后生一卵，海伦即生于此卵（《文库》III）。又说，海伦为宙斯与女神涅墨西斯所生之鹅卵，为一牧人拾得，经勒达孵化而成，待之如亲生女儿，将其抚养长大。（《文库》III10.7）"[2]引文中的"文库"指的是希腊阿波罗多洛斯的《神话文库》。阿波罗多洛斯（Apollodoros）是希腊人，约生活于公元前 1 世纪的古罗马共和国时期，他用希腊文忠实地记录了希腊人自己的神话。这个简短的记述主要包含两层意义：一是丽达"生蛋"；二是丽达"孵蛋"。依据现存的希腊《宙斯与生育阿波罗和阿尔忒弥斯的勒托》、《阿尔忒弥斯与天鹅》和《爱与美之女神阿芙洛狄特》三幅瓶画来看，神话讲述与瓶画描述存有巨大差异。《宙斯与生育阿波罗和阿尔忒弥斯的勒托》瓶画中勒托即是丽达，她怀抱的两个小孩即是阿波罗和阿尔忒弥斯。宙斯也

---

2 魏庆征编，《古代希腊罗马神话》，北岳文艺出版社，1999 年，825 页。

以人的形象呈现，没有天鹅。这幅瓶画与赫西俄德《神谱》记述一致。《神谱》中说："勒托也在恋爱中与神盾持有者宙斯结合，生下了爱射箭的阿波罗与阿尔忒弥斯，他们是宙斯的儿女中最可爱的两个。"[3]另外两幅希腊瓶画应称作《女神与天鹅》，瓶画中人物，一个是狩猎与丰产女神阿尔忒弥斯，另一个是爱与美之女神阿芙洛狄特。阿芙洛狄忒"由于她是在浪花（'阿佛洛斯'）诞生的，故诸神和人类称她阿佛洛狄忒（即'浪花中所生的女神'或'库忒拉的花冠女神'）……又因为是从男性生殖器产生的，故又名'爱阴茎的'"[4]。有关丽达与天鹅的神话记述与希腊瓶画所反映的信息，既有相同之处，又有明显不同。

　　虽然不同神话叙述混乱自相矛盾，但女性性别一致。神话的混乱需要图像厘清确证。美国学者理查德·巴克斯顿指出："当形象艺术研究者将视觉艺术作品与文本剥离，并把视觉故事当做独立的对象加以研究时，一个新的现象就产生了。莫雷对俄狄浦斯的故事所做的分析就是一个颇有价值的典范。任何人在读完索福克勒斯、弗洛伊德或列维·斯特劳斯对该主题的论述后，都会以为俄狄浦斯弑父并与王后伊俄卡斯忒结婚等情节一定是曾经频繁出现在艺术作品中。然而，事实恰恰相反：在保存下来的形象艺术作品中，只有一幅瓶饰画表现了弑父情节，另一幅表现了俄狄浦斯的童年时代，其余的形象艺术作品都集中于表现有关斯芬克斯的情节。"[5]有完整情节的希腊神话是不存在的。上述三幅希腊瓶画大约产生于公元前 5 世纪，这显然早于阿波罗多洛斯的《神话文库》记录的"丽达与天鹅"神话。由此可见，所谓古希腊丽达与天鹅的神话，很有可能是后世学者的杜撰编造。基本上可以推断丽达与天鹅的神话成型于古罗马，现存的古罗马壁画也能证实这个推论。

3　［古希腊］赫西俄德，《工作与时日　神谱》，张竹明，蒋平译，商务印书馆，1996年，52 页。

4　《工作与时日　神谱》，32 页。

5　［美］理查德·巴克斯顿《想象的希腊：神话的多重语境》，欧阳旭东译，华东师范大学出版社，2014 年，68 页。

图片来自网络。据传为达·芬奇油画《丽达与天鹅》，约创作于 1508 年。

　　1962 年，塞浦路斯帕福斯的一位农民在阿佛洛狄特神庙附近耕地时发现了这幅壁画，该壁画现藏于塞浦路斯的库克利亚博物馆。画的嵌制时间约在 2000 年前。画面上的丽达背身站立，裸体赤脚，回首观望，丰臀细腰，曲线优美，一只天鹅正试图用嘴啄她的衣衫。关于天鹅，日本学者平松洋指出："天鹅与雁、鹅同属鸭科的游禽。水的属性令其与海神挂钩，鸟本身的象征意义又与太阳神相关，而细长的脖子形似男性生殖器，故而与丰饶之神也产生关联。在希腊神话中，包括海神波塞冬之子及阿波罗之子在内，名叫'库克诺斯'（cycnus，意为天鹅）的人物众多。"[6]塞浦路斯的阿芙洛狄特神庙建于公元前12世纪的迈锡尼时期。神庙邻近的博物馆内展出《丽达和天鹅》镶嵌画和貌似阿芙洛狄特的锥形黑石。

从希腊瓶画到罗马壁画，凡是有女神与天鹅的图像，女神姿势不是侧面就是背面。达·芬奇的油画《丽达与天鹅》中女神的形象从背面转换成了正面，它成为西方绘画史上丽达与天鹅题材表现的转折点，达·芬奇改变了古希腊罗马艺术中丽达形象的姿态，让丽达形象彻底"转向"。

达·芬奇油画《丽达与天鹅》大约创作于1508年，传世的作品都是后来者的摹本，或者是他的学生的仿作。油画面的右面是丽达与天鹅，左面草地上有4个破裂成四半的蛋壳，每个蛋壳各有一个小孩。丽达浑身赤裸，右手拥抱着鹅颈，她体态丰满，娇羞含笑，头颅左倾。天鹅张开右翅，长颈弯曲，嘴欲伸向丽达，想亲吻她。背景为一古代石头建筑废墟和零星树木，疑似人造景观。与罗马壁画不同的是，由裸露"害羞的屁股"转向展露诱人的乳房，情色动机，昭然若揭。据达·芬奇回忆："看来我是注定了与秃鹰有着如此深的关系；因为我想起来了一段很久以前的往事，那时我还在摇篮里，一只秃鹰向我飞了下来，它用翘起的尾巴撞开我的嘴，还用它的尾巴一次次地撞我的嘴唇。"[7]幼年记忆与古典神话题材碰撞相遇，最终触发了达·芬奇油画《丽达与天鹅》的创作动机。美国学者史蒂夫·Z·莱文在《拉康眼中的艺术》一书中说："弗洛伊德认为，画中的鸟尾巴突兀地插入婴儿的嘴里，实际上是一种伪装，替代的是用乳头哺育婴儿的场景"[8]，他还指出："弗洛伊德发现，在埃及神话中，鸟与阴茎和乳房有同样的主题，三者共同融合在鹰头女神穆特直挺的身上。"[9]暂且不论希腊神话是否受埃及神话的影响，但"鸟与阴茎和乳房有同样的主题"符合精神分析学原型象征的理论。

德国精神分析学者埃利希·诺伊曼在《大母神——原型分析》一书中提示："所以在许多神话资料中，我们发现了把蛋卵（egg）当做创世的原型象

6　［日］平松洋，《名画中的符号》，俞隽译，百花洲文艺出版社，2017年，184页。

7　［奥地利］西格蒙德·弗洛依德，《列奥纳多·达·芬奇和他童年的一个记忆》载《弗洛依德论美文选》，张唤民，陈伟奇译，知识出版社，1987年，57页。

8　［美］史蒂夫·Z·莱文，《拉康眼中的艺术》，郭立秋译，重庆大学出版社，2016年，23页。

9　《拉康眼中的艺术》，24页。

征。"[10]希腊创世神话之一，皮拉斯基人的创世神话说："太初，万物之女神欧律诺墨赤身裸体从混沌中产生，但她找不到一块稳定的地方立足，于是，她划分出天空和海洋，独自在花浪尖上翩翩起舞；她向南方舞去，于是，南风吹动，在她身后留下许多东西，这就是创世的开始。在急速旋转中，他有抓住北风'波瑞阿斯'（Boreas），在手中揉搓，造出一条大蛇'俄菲翁'（Ophion）；女神的狂舞使大蛇变暖，长大成熟，变成红褐色；他盘绕起肢体，挪动着去与女神交合，这样，女神就有了身孕；她变成一只鸽子，在浪涛上伏窝，生下了'宇宙卵'（Universal Egg）；俄菲翁按女神的吩咐在卵上盘绕七次，宇宙卵裂成两半，一阵翻滚之后，万物俱存，日月星辰，大地山河，草木鸟兽都出现了。"[11]这就是希腊古老女神欧律诺墨（Eurynome）的创世神话，它由西方神话学家格莱乌根据不同的神话材料重新构拟而成。学者们指出："关于勒达下蛋的神话产生一句通用的谚语'从勒达的蛋开始'意思就是从头开始。（'我尽力用这封长信和详尽的叙述来减轻我的罪过。我要从勒达的蛋开始［从头开始］'Ａ·Ｃ·普希金；'我向你倾诉了衷情——从勒达的蛋开始，到特洛亚陷落［从头到尾］——海涅：《给克里斯提安·泽特的信》'）"[12]可以看出，西方文艺家关于丽达与天鹅的神话所蕴含的意义，人所皆知。

毋庸置疑，达·芬奇《丽达与天鹅》主题依然是生命繁衍。这是希腊的传统。在希腊神话中，阿尔忒弥斯被奉为"丰产女神"，生育繁衍是她的主要职能。二十世纪三十年代爱尔兰诗人叶芝创作了诗歌《丽达与天鹅》，难以判断，叶芝的《丽达与天鹅》的题材究竟来源古希腊神话？还是来自文艺复兴以来的绘画？或者是两者兼而有之。不论如何，叶芝对这个古已有之的题材作了创造性地改写。为了便于分析，兹引叶芝诗歌《丽达与天鹅》如下：

> 猝然猛袭：硕大的翅膀拍击
>
> 那摇摇晃晃的姑娘，黑色的蹼爱抚
>
> 她的大腿，他的嘴咬住她的脖子，
>
> 他把她无力的胸脯贴在她的胸脯。

---

10 ［德］埃利希·诺伊曼，《大母神——原型分析》，李以洪译，北京：东方出版社，1998 年，41 页。

11 王晓朝，《希腊宗教概论》，上海人民出版社，1997 年，33 页。

12 ［苏联］Ｍ·Ｈ·鲍特文尼克等编著，黄鸿森，温乃铮译，《神话辞典》，商务印书馆，1997 年，183 页。

她受惊了，意念模糊的手指又怎能

从她松开的大腿中推开毛茸茸的光荣？

躺在洁白的灯心草丛，她的身体怎能

不感觉卧倒处那奇特的心的跳动？

腰肢猛一颤动，于是那里就产生

败破的墙垣，燃烧的屋顶和塔颠，

阿迦门农死去。

因为这样被征服，

这样被天空中野性的血液所欺凌，

在那一意孤行的嘴放她下来之前

她是否用他的力量骗的了他的知识？ [13]

为便于与汉语译诗对照，附叶芝《丽达与天鹅》英文：

Leda and the swan

William Butler Yeats

"A sudden blow:the great wings beating still

Above the staggering girl,her thighs caressed

By the dark webs,her nape caught in his bill,

He holds her helpless breast upon his breast.

How can those terrified vague fingers push

The feathered glory from her loosening thighs?

And how can body,laid in that white rush

But feel the strange heart beating where it lies?

A shudder in the loins engenders there

The broken wall,the burning roof and tower

And Agamemnon dead.

Being so caught up,

So mastered by the brute blood of the air,

Did she put on his knowledge with his power

---

13 ［爱尔兰］威廉·巴特勒·叶芝，《丽达与天鹅》，裘小龙译，四川文艺出版社，
2017 年，118-119 页。

Before the indifferent beak could let her drop?" [14]

叶芝诗歌《丽达与天鹅》可分为两个部分：第一部分展示性爱场面；第二部分为历史隐喻。诗歌叙写天鹅以一种突袭的方式强暴丽达。整首诗中除了提及《荷马史诗》中的希腊统帅阿伽门农以及类似特洛伊败破的墙垣，燃烧的屋顶和塔颠外，其余叙写如同法国画家弗朗索瓦·布歇的《丽达与天鹅》一样充满诱惑和色情。诗人叶芝曾说："当我猜想天神向丽达宣布创建希腊的启示时，想起古希腊人曾把她未孵化的蛋作为圣物挂在斯巴达一座神庙庙顶上展示；从她的两个蛋分别诞生了爱情和战争。" [15]有趣的是，叶芝所言一如希腊神话所载。公元前五至四世纪的希腊哲学家把爱神阿芙洛狄特分成两个，一是阿芙洛狄特·潘德摩斯，掌管肉欲；另一个是阿芙洛狄特·乌拉尼亚，掌管爱情。希腊神话中的战神也有两位，即波塞冬和雅典娜，一男一女。上述四位神祇正好与达芬奇油画《丽达与天鹅》中四枚蛋吻合。美国学者阿尔伯特·莫德尔指出："让我们来看看'erotic（色情）'一词本身。很不幸，这个词虽然从希腊语中的 Eros（爱神）一词演变而来，本意是'爱神的'但它被用来指称邪恶而不道德的性行为或性意识，它成了纵欲、变态和淫乱的同义词" [16]由此可见，色情即是爱情，色情一词的词源来自希腊的爱神。叶芝诗歌《丽达与天鹅》充满了象征和隐喻。何谓隐喻？"隐喻（meterphor）以被察觉的或者被暗示的相似性为基础，用一个事项代替另一事项，把一种意义赋予另一事项。" [17]诗人叶芝在《丽达与天鹅》这首诗中并没有叙写诞生了爱情和战争的两个蛋，但隐含的意义不言而喻。如果比较达·芬奇的画和叶芝的诗，就会发现一个注重性爱结果的刻画，一个着力描写性爱过程。叶芝的诗虽未有蛋的意象，但诗中隐喻爱情与战争潜在地揭示了古典神话和达·芬奇油画中蛋的寓意。

加拿大著名的学者诺斯罗普·弗莱指出："诗人叶芝发展或者表露了这样一种理论，历史上两种相对立的文明交替主宰西方。照此观点，古典文化

---

14 https://www.poetryfoundation.org/search?query=Leda+and+the+swan+William+Butler+Yeats。

15 ［爱尔兰］威廉·巴特勒·叶芝，《幻象——生命的阐释》，西蒙 译 国际文化出版公司 1990 年，174 页。

16 ［美］阿尔伯特·莫德尔，《文学中的色情动机》，刘文荣译，文汇出版社，2006 年，20 页。

17 ［荷兰］米克·巴尔，《绘画中的符号叙述：艺术研究与视觉分析》，艺术与跨界符号，蔡熙译，段炼编，四川大学出版社，2017 年，60 页。

本质上是以众英雄文化，是贵族的、暴力的，其核心神话是杀死父亲病与母亲乱伦的俄狄浦斯的故事。古典文化的后继者是基督教文化，它是民主的、利他的，是基于耶稣的神话，耶稣与父亲调和，给他的处女母亲带来荣光，并拯救他的新娘，即教堂。每种文化的到来都由鸟与女人的结合来象征，而鸟是神灵的体现。古典文化到来的先兆是丽达与天鹅的性的结合，而基督教文化的到来则是鸽子与处子的非性的结合。古典文明的中心是悲剧，而基督教文明的中心是喜剧。丽达与天鹅的后裔厄洛斯和阿瑞斯分别代表爱情与战争；而圣母之子是神圣的爱，是和平之子。"[18]弗莱清晰地深刻地阐释了叶芝的历史循环论，揭示了他隐喻性的诗歌表达以及历史循环论背后的集体无意识和西方文化交替变化的先兆。尤其是丽达与天鹅的神话既是西方古典文明的象征，又是西方古典文明的开端。

奥地利著名诗人莱纳·玛利亚·里尔克（Rainer Maria Rilke，1879-1926）可能在柏林当时的皇家博物馆里观赏过柯雷乔的一幅画《丽达与天鹅》，并于1907 年至1908 年之间创作了名为《丽达》的十四行诗。

资料来自网络：柯雷乔《丽达与天鹅》，1532 年。

18　［加拿大］诺斯罗普·弗莱，《世俗的经典：传奇故事的结构研究》，孟祥春译，世纪出版集团　上海人民出版社，2009 年，97-98 页。

安东尼·柯雷乔（Antonio Correggio，1499-1534）是意大利文艺复兴时期著名画家。他的《丽达与天鹅》是一幅古典题材的充满幸福感和舒适感的油画。油画人物有八位，三只天鹅，一只空中飞翔，一只水中嬉戏，中心位置丽达浑身裸露右手扶石，左手抚压另一只天鹅翅膀，坐于树前溪水石上。她面带微笑，头颅微微右倾，双腿自然弯曲张开。天鹅附身丽达两腿之间，长颈穿双乳至丽达脖颈。山林溪水，蓝天白云，祥和安静。

里尔克观看过柯雷乔的油画《丽达与天鹅》，只能说是他创作诗歌《丽达》的一次契机或者说启发了他的创作灵感。因为诗歌并不是对原画的"转述"，更多的是诗人依据古典神话的想象。诗歌《丽达》写道：

> 大神猝遇天鹅于窘境，
>
> 愕然发现他如此之美丽；
>
> 恍惚间他在他身上化形隐匿。
>
> 想不到竟弄假成真，
>
> 在他测试未竟考验的
>
> 生存感觉之前。而她展身相迎，
>
> 已从天鹅身上认出了来人
>
> 并知道：他在央求一点什么，
>
> 那是她因抗拒而迷惘
>
> 再也无法隐瞒的。他缓缓向前，
>
> 将颈项偎进越来越松的手掌，
>
> 大神开始在被爱者身上放浪形骸。
>
> 于是他才感觉他的羽毛妙不可言，
>
> 并在她的膝间真正变成了天鹅。"[19]

这是一首十四行诗，诗歌的前八句写大神宙斯遇见天鹅与丽达。一个化形，一个相迎，双方你情我愿。后六句写大神宙斯与丽达交媾。里尔克的诗《丽达》与同时代诗人叶芝的诗《丽达与天鹅》竟如此的相似。

如果说绘画是在二维的平面上造型的话，那么，雕塑则是三维立体造型。意大利当代著名雕塑家贝内托·罗扎（Benedetto Robazza，1934 年-）创作的

19　［奥］《里尔克诗选》，《绿原译文集》第四卷，绿原译，人民文学出版社，2017 年，
　　365 页。

雕塑《丽达与天鹅》（见下图），与西方表现丽达与天鹅的绘画不同的是，贝内托·罗扎的雕塑丽达变形为兽头面具的人身形象，天鹅形象更为抽象。西方雕塑家威廉·塔克指出："雕塑即是人体，人体即是雕塑"[20]贝内托·罗扎的雕塑《丽达与天鹅》表现的是人体，但丽达已变形为兽首人身。希腊的雕塑一般都是人体雕塑，但也有人与动物的组合型体雕塑，如距今3200年前的狮人像为狮首人身。在雕塑艺术中"动物象征着一种超人的力量"[21]超人的力量到底是一种什么力量？苏联学者海通在《图腾崇拜》一书中指出："在世界许多部落中，广泛流传着这样的观点：妇女能够生育不仅仅是人的作用，而且也有各种动物的作用，妊娠的原因可能是由于某种植物、动物和自然界中的其它生物造成。由此极容易产生这样的信仰：半人半兽的生物具有生育的能力。"[22]。远古图腾一般喻示女性与动物图腾交感生育，后因男根崇拜，图腾性别换位，天鹅作为女性生殖器象征物变换成男性生殖器象征物。因此，包括贝内托·罗扎的雕塑《丽达与天鹅》在内，以"丽达与天鹅"为题材的艺术文本，从深层意义上说，都是远古生殖崇拜的余响。

意大利，贝内托·罗扎的雕塑《丽达与天鹅》。

---

20 ［美］威廉·塔克，《雕塑的语言》，徐升译，张一，琳琳校，中国民族摄影艺术
   出版社，2018年，18页。
21 ［德］卡梅拉·蒂勒，《雕塑》，陈芳译，黑龙江美术出版社，2001年，7页。
22 ［苏联］海通，《图腾崇拜》，何星亮译，上海文艺出版社，1993年，222页。

综上所述，《丽达与天鹅》从神话到艺术历经两千多年的题材演变，不同时空不同艺术，无论是重写还是改写，这个题材史中不同文本相互叠加交织，古典与现代，文学与艺术所构成的互文性，已是既定的事实。而跨艺术比较就是着眼于不同艺术之间的相互转换，探讨转换的机制和原理。当代艺术研究更关注不同艺术之间如何互动、转换以及艺术的呈现。

第三章　西斯比从神话到艺术

> 巴别本来是宁录游猎的行宫，
>
> 以后成了花园城，惊人的富豪，
>
> 尼布甲尼撒就在那里称王，
>
> 直到有个夏天他竟然去吃草，
>
> 以后但以理由于驯服了雄狮，
>
> 而受到他的子民敬畏和称道，
>
> 这儿有过西斯比的双双情死，
>
> 还有被诬的皇后西米拉密斯——
>
> ——引自拜伦《唐璜》第五章六十节[1]

英国诗人拜伦提到的"西斯比的双双情死"是一个文学典故。这个典故是古罗马诗人奥维德《变形记》中记述的古代巴比伦的一对恋人西斯比和彼拉马斯因爱殉情的故事。西班牙文学大师塞万提斯的剧作和小说中也一再提及这个故事。如他的幕间剧《伪装的比斯开人》中女主角布里希达说："……只有前天我在街头碰到一位诗人，他毕恭毕敬地送我一首出自肺腑的十四行诗，唱的是皮拉姆斯和西斯贝的故事，……"[2]；同剧他提到了《变形记》："……这么短的时间里，别跟我要奥维德的变形手法。……"[3]他的；他的田

1　[英]拜伦，《唐璜》上，查良铮译，王佐良注， 人民文学出版社，1980年，第382-383页。

2　[西班牙]塞万提斯著，《塞万提斯全集》(4)，吴健恒译，人民文学出版社，1996年，92页。

3　《塞万提斯全集》(4)，99页。

园牧歌小说《伽拉苔亚》中利桑德罗讲述莱奥尼亚的爱情故事无疑是皮拉姆斯和西斯贝恋爱故事的改写或翻版。其中，莱奥尼亚被误杀，临终之际利桑德罗说到："……有谁在这时看到我们，准会想起凄惨的皮拉莫和狄斯蓓。……"[4]显然，塞万提斯是从奥维德那里获知这个故事，并在其作品中一再提及。

皮拉摩斯和提斯柏的故事还出现在古代的造型艺术中，例如罗马古城庞贝约建于公元前7世纪，后因火山喷发而毁。1000年后，人们重新发掘了庞贝古城。其中就有大量的壁画，而《皮拉摩斯和提斯柏》壁画就在其中。

图片来自网络。庞贝古城遗址出土壁画，《皮拉摩斯和提斯柏》(Pyramus and Thisbe)。

4 《塞万提斯全集》(4)，279-280 页。

英国诗人乔叟在他的《善良女子殉情记》中将这个故事取名为《希丝庇记》中并说："故事的主人公，少年叫辟拉莫斯，少女名叫希丝庇，奥维德就是这样说的。"[5]乔叟的《希丝庇记》所讲述的故事取材于《变形记》。莎士比亚喜剧名作《仲夏夜之梦》是关于四对恋人终成眷属的故事。其中有一出戏中戏，剧名为《最可悲的喜剧以及皮拉摩斯和提丝柏的最残酷的死》，这个戏中戏同样取材于《变形记》。

英国新古典主义画家约翰·威廉姆·沃特豪斯（John William Waterhouse，1849 年-1917 年）。他以鲜明色彩和神秘的画风描绘古典神话与传说中的女性人物而闻名于世。他的油画《西斯比》创作于 1909 年，画作选取了西斯比传说中皮拉摩斯与西斯比隔墙说爱的瞬间，画中一个处于闺房赤脚身着华丽长裙的少女侧身贴耳于墙缝，似乎正在倾听。她的脚下是一个小凳，凳上一团线，它的背后有一纺锤，旁边是一架织布机，上面是未织完的布匹。整幅画取材古罗马诗人奥维德的《变形记》，画风明快自然，充满静穆之美。追溯形象的母题含义及其流变是图像学研究的应有之义。德裔美国犹太学者艾尔文·潘诺夫斯基（Erwin Panovsky，1892-1968）曾指出："任何人面对一件艺术品，无论是要对其进行审美再创造还是进行理性研究，都要受到物质形式、观念（在造型艺术中，就是主题）和内容这三个因素的影响。"[6]就绘画而言，他的物质形式有材料、线条、色彩等，就油画《西斯比》而言，内容为画面中的形象与形象所处的环境，主题则是绘画的题材。作为新古典主义的绘画大师沃特豪斯，自然以古希腊罗马艺术为范本，这是新古典主义的艺术法则。沃特豪斯的绘画只选择了皮拉摩斯与提斯柏故事的女主公，"墙"遮盖隐匿男主人公皮拉摩斯，给人以想象的空间。同时，画作的人文精神与生活气息浓郁。

5　［英］乔叟，《乔叟文集》上，方重译，上海译文出版社 1979 年，284 页。
6　［美］E·潘诺夫斯基，《视觉艺术的含义》，傅志强译，辽宁人民出版社，1987 年，19 页。

Thisbe，John William Waterhouse,Painting Date: 1909。资料来源：《沃特豪斯》，王剑，巫小文，张锋等编，重庆出版社，1995 年。

苏珊·桑塔格的独幕短剧《百感交集的皮刺摩斯与提斯柏》也是皮拉摩斯和提丝柏故事的改编。她敏锐的捕捉到这个古老的故事蕴含的新意，剧作篇幅虽短，但聚焦于墙，借题发挥。关于墙，《变形记》中这样说："两家住宅隔着一道墙，在当初修建的时候墙上便留下一条裂缝。多少年来没有人发现这条裂缝，但是有什么东西是爱情的眼睛所看不见的呢？这道裂缝被你们这两位情人第一次发现，从这里互诉款曲。从这条裂缝里你们的情话轻声地、安全地经常往返傅递。时常提斯柏站在一边，皮刺摩斯在另一边，每人倾听了对方的谈话之后，就对墙说：'可恨的墙！你为什么把有情人隔开呢？你让我们彼此拥抱，对你来说又算得什么呢？假如这种要求过分，打开一点让我们接吻总可以吧！但是我们承认我们还是很感激你，你使我们之见居然有一线可通，使我们的话可以吹到对方情人的耳朵里。'他们两人就这样说了一些无补于事的话，等到夜晚，彼此告别，没人吻吻墙壁，但是亲吻却透不过去。"[7]《变形记》原是诗歌体，汉语译本译为散文体。苏珊·桑塔格的短剧《百感交集的皮刺摩斯与提斯柏》（一出短剧）利用了《变形记》的题材，但被赋予政治隐喻，东德与西德的人为隔绝是一场悲剧。剧中的主人公被说成是柏林墙隔开的东德和西德的一对情人。其中引用了莎士比亚《仲夏夜之梦》第五幕，第一场的台词：

　　　墙：现在咱们已把墙头扮好，因此咱便要拔腿跑了。[8]

"墙"是这部独幕短剧核心，是实存与虚拟的象征。莎剧《仲夏夜之梦》、沃特豪斯油画《西斯比》以及苏珊·桑塔格的独幕短剧《百感交集的皮刺摩斯与提斯柏》不约而同地将书写的中心聚焦于司空见惯的"墙"。无论是诗歌意象，还是戏剧场景以及油画构图焦点，"墙"从现实物体变为艺术隐喻，为艺术家想象的展示提供了附着。

法国学者米歇尔·布吕内指出："从文本到舞台的过渡并不这么简单，将作品搬上舞台并不只是像过去人们想的那样，用物质手段表现文本中描绘的形象；这要求操控许多由空间（布景、灯光、道具、音响）和演员演技（发音、嗓音、手势、服装）产生的许多指示，以此来创造一部自主的艺术作品。它不仅仅是将一篇文本具体化，而是要尽力探寻文本中没有说出来的东西。从文本到舞台的过程，引发了一系列未曾预料到的问题，它以不同的方式照亮了文本，每次会给予文本新的诠释。"[9]苏珊·桑塔格的短剧《百感交集的皮刺摩斯与提斯柏》挖掘出原文本隐含的意义，诠释古老的故事遭遇的现代情境。

苏联学者 M·H·鲍特文尼克等编著的《神话辞典》有关皮拉摩斯（匹拉麦斯）的条目指出："Pyramus 小亚细亚的河神。关于他和河川神女提丝柏恋爱的神话，最初显然是把两条比邻而流但从不汇合的河川的故事移植到人事方面。神话的这种意思后来到奥维德手里作了改动，在他的笔下，神话的主

7　[古罗马]奥维德，贺拉斯著，《变形记》，《诗艺》，杨周翰译，上海人民出版社，2016 年，103 页。

8　[美]苏珊·桑塔格，《百感交集的皮刺摩斯与提斯柏》（一出短剧）张廷佺译，载《重点所在》，上海译文出版社，2011 年，323 页。

9　[法]米歇尔·布吕内，《戏剧文本分析》，刘静译，天津传媒集团，天津人民出版社，2017 年，142-143 页。

要内容成了对情侣的忠贞不二，宁死不渝的爱情。奥维德为了渲染故事的奇异色彩，把神话故事发生的地点移到了遥远的异国巴比伦。皮刺摩斯和提丝柏的结合受到父母的阻挠。不过在他们两家共用的墙壁上有一道裂缝，使一对情侣可以互诉衷情。两个年轻人约好在郊外会面，提丝柏先到，遇一头母狮，就丢下面纱跑了。晚来赴约的皮刺摩斯发现被狮子撕得稀烂的面纱，断定他的情人已死，就用尖刀自杀。提丝柏发现他的尸体，也自杀身亡。关于皮刺摩斯和提丝柏的神话经过奥维德的改编对于这个题材后来的发展，发生巨大的影响。莎士比亚利用这个神话写成喜剧《仲夏夜之梦》；《罗米欧和朱丽叶》的剧情在一定程度上也是这个神话主题的发展。"[10]苏联学者的观点可概括为三点：第一，皮刺摩斯和提丝柏的故事，其中的人物最早为男女河神，其"原始形态"是河川神话；第二，奥维德把河川神话改变为故事，故事发生的地点是虚拟的，即古代巴比伦并没有这个故事；第三，莎剧《仲夏夜之梦》的题材主要以这个故事为主。

首先，关于莎士比亚利用这个神话写成《仲夏夜之梦》的说法是不准确的。凡读过此剧的人，都可知皮刺摩斯和提丝柏的故事仅是它的题材或情节之一，而且不是主要情节，是次要的嵌入的情节。

其次，说皮刺摩斯和提丝柏的故事，其最初为河川神话，他们都是河神。其依据缘自何处，无从得知。如果是一种推测假设的话，那么这样的解释则有附会的嫌疑，即把皮刺摩斯和提丝柏比附为东方巴比伦的两条大河——底格里斯河和幼发拉底河。

余下的问题是，皮拉摩斯和提丝柏的故事，究竟是古代巴比伦的故事呢？还是这个故事纯属奥维德在《变形记》中的虚构呢？苏联学者其实已经指出，东方巴比伦确有这个故事，只不过是神话而已。国内学者编译的三部东方神话或民间故事集中就有这个故事。一是中国民间文艺出版社出版的阿拉伯民间故事集——《樱桃树》；二是李琛编译，由湖南少儿出版社出版的《巴比伦神话》；三是姬耘编译，由中国民族摄影艺术出版社出版的《巴比伦神话故事》。这三部书中，这个故事的名称均为"樱桃树"。编译者都未注明这个故事的确切来源。这三部书中虽把皮刺摩斯和提丝柏的故事收入东方巴比伦或阿拉伯的故事集，但并不能证明这个故事就是东方故事。原因很简单，这三部书

10 ［苏］M·H·鲍特文尼克等编著，《神话辞典》，黄鸿森，温乃铮译，商务印书馆，1997年，237-238页。

中的这个故事是由现代学者编选的，很难说，它不是从《变形记》中借用而来的。《变形记》中的角色分为神、男女英雄和所谓的历史人物三类。皮拉摩斯和提丝柏在《变形记》中既不是神，也不是英雄，更不是历史人物。而且这个故事之前和之后都讲述的是神的恋爱故事，这个故事也没有多少神话色彩可言。整部《变形记》只有这一个绝无仅有的平民故事。这与《变形记》的整体内容和风格极不协调。

《一千零一夜》第四卷〈赭密尔和一对情死青年的故事〉和《一千零一日》第六卷中〈殉情者的故事〉与皮拉摩斯和提丝柏的故事，其情节极为相似。[11]《一千零一日》[12]《一千零一夜》中的这个故事是由宫廷诗人赫密尔·本·麻尔麦鲁讲给哈里发何鲁纳·拉施德听的；而《一千零一日》则说，这个故事记载于塔非尔·本·阿密尔的传记故事。哈伦·拉希德在位时间是公元786 年至809 年，也就是说《一千零一夜》中的这个故事最早也在公元八、九世纪之间。它显然晚于《变形记》的成书时间。但是，它证明古代东方确有皮拉摩斯和提丝柏的相似故事，只不过，这个故事的最早形式应该是口传的民间故事。很有可能，奥维德根据东方阿拉伯民间流传的这个故事加以改编，写进了他的《变形记》。

《变形记》《善良女子殉情记》《仲夏夜之梦》以及《百感交集的皮刺摩斯与提斯柏》中皮拉摩斯和提丝柏的故事分属不同的体裁，即诗体、故事体和戏剧体。乔叟和莎士比亚的这个故事均取材于《变形记》并受其影响。这四部文学文本中的这个故事或是其中较小的情节成份，或是主要题材，这些文本之间存在着某种内在联系。法国学者朱丽娅·克里斯蒂娃说："任何一篇文本都是对另一个文本的吸收和改造"[13]西方当代文学批评家把确定的文本之间利用、吸收、扩展、改写，或在总体上加以改造的其他文本间的关系，称为"互文性"或"文本互涉"。上述四个文本中皮拉摩斯和提丝柏的故事也有部分的"互文性"关系。

一个确定文本中的故事或题材被后来的作家利用、吸收、扩展、改写为新的文本时，总是要依据作家的主观意图加以选择。《变形记》中叙述的故事

11　《一千零一夜》（4），纳训译，人民文学出版社，1984 年，359-402 页。

12　《一千零一日》（6）朱梦魁、万日林译，甘肃少年儿童出版社，1993 年，109-117
　　页。

13　［法］朱丽娅·克里斯蒂娃，《符号学，语义分析研究》，转引自萨莫瓦约著，《互
　　文性研究》，邵炜译，天津人民出版社，2002 年，4 页。

都有一个共同点——变形。在《变形记》中皮拉摩斯和提丝柏的故事是由弥倪阿斯的女儿讲述的，这个人物既是全书故事的人物之一，又是皮拉摩斯和提斯柏的故事讲述人。其结构表现为故事套故事，这种结构方式在东方文学中极为普遍。如《五卷书》、《一千零一夜》等即是采用这种叙述方式及结构方式的。《变形记》中皮拉摩斯和提丝柏的故事，又被叫作原先结白果的桑树后来怎样沾了血渍结出暗红色果实的故事。植物颜色的变异符合奥维德在构思上的变形法则。

乔叟的《善良女子殉情记》系列故事之一《希丝庇记》和莎士比亚的剧作《仲夏夜之梦》中植物变色是被省略的情节。《希丝庇记》的叙述方式按事件的起始逻辑编排，叙述者时隐时显，故事着力渲染了浓厚的悲剧气氛。美国学者斯蒂·汤普森指出："……至少到中世纪未，像乔叟那样的作家都谨严地引述典籍来构成情节——有时甚至编造原作，以便消除某些新的和不被承认的故事疑点以蒙混公众。虽然作家并不缺乏个人才华，但他们总是依靠典籍。这不仅是因为他们基本的神学主张，而且也为了他们的故事情节。"[14]《希丝庇记》所依靠的典籍正是《变形记》。皮拉摩斯和提丝柏的故事在乔叟的《希丝庇记》中主要偏向恋情以及殉情的结局，殉情是《善良女子殉情记》的叙述法则。

莎剧《仲夏夜之梦》不仅借用了《变形记》中皮拉摩斯和提丝柏的故事，而且还借用了其框架叙事结构，即故事套故事，并把这种结构方式创造性地运用于戏剧，演变为主戏套次戏的戏中戏结构。莎剧中整个故事被改写成两场剧情：一是皮拉摩斯和提丝柏隔墙说爱；一是他们相约于尼努斯墓地。表演皮拉摩斯和提丝柏故事的人物又是《仲夏夜之梦》中的人物。因而，故事的主人公身兼人物和演员的双重身份。令人惊奇的是，莎士比亚把这个悲剧色彩浓重的故事竟演绎为喜剧。剧作家也注意到了原故事与喜剧这种样式之间的矛盾性。他借剧中人物之口说到："悲哀的趣剧！冗长的短剧！那简直是说灼热的冰，发烧的雪，这种矛盾怎么能调合起来呢？但是，不可否认，原故事中存在着误会或巧合的喜剧因素。因此，皮拉摩斯和提丝柏的故事在莎剧《仲夏夜之梦》中被演成了趣剧、闹剧。莎士比亚以一个人文主义者的态度，对原故事中人物的行动表示了某种疑惑和嘲笑。

14　［美］斯蒂·汤普森，《世界民间故事分类》，郑海等译，上海文艺出版社，1991
　　年，5页。

　　苏珊·桑塔格的独幕短剧《百感交集的皮剌摩斯与提斯柏》将爱情悲剧
改编为政治隐喻,讲述了柏林墙推倒之后人们的无望和空虚。剧中的男女主
人公分别代表柏林墙两侧的意识形态差异和性别对立。剧中柏林墙是政治与
历史的隐喻,靠近它可以听到围墙隔壁发生的事件,可是两边却是完全隔离
的世界,包括同样种族的人的不同的生活方式,不同的意识形态,不同的信
仰。剧作写于 1991 年,时代激烈振荡,人的自由再度面临危机,而女性作为
被压抑的"第二性"又获得了历史的政治寓意。有学者指出:"本剧是历史
和政治的寓言:交流的通道越是狭小,交流的欲望越是强烈,但是当障碍清
除后,渠道变得畅通了,交流反而更加困难。本剧揭示了原来被分开的人们
对柏林墙的复杂混乱的心态和截然不同态度,暗讽了人们心理上的鸿沟是难
以一朝一夕逾越的。"[15]这种观点似乎超越了政治寓言,而变为一种交流学的
悖论:推倒了有形的墙,却在人们的心理上建立了无形的鸿沟。

　　皮拉摩斯和提丝柏的故事在西方文学艺术中的流变与改编,为跨艺术比
较研究提供了一个经典性的案例,也证明了这样一个事实:即伟大的艺术家
总是创造性地运用前辈曾经运用过的题材,创造出新的文学文本和艺术文本,
并能从"影响的焦虑"之中超越前辈艺术家。

---

15 《百感交集的皮剌摩斯与提斯柏》,323 页。

第四章 克里奥佩特拉从历史到艺术

英国文学家钟情于历史人物克里奥佩特拉题材书写，形成引人注目的克里奥佩特拉"戏剧圈"，也构成较为集中的主题史。除乔叟的《善良女子殉情记》中有克里奥佩特拉叙写外，1607 年莎士比亚创作了戏剧《安东尼与克里奥佩特拉》，70 年后，1677 年英国诗人剧作家德莱顿改编自莎剧的《一切为了爱情》（许渊冲的中译本译名为《埃及艳后》）上演。300 年以后，1907 年爱尔兰作家萧伯纳创作了戏剧《凯撒和克莉奥佩特拉》等。法国也有以克里奥佩特拉为主题的剧作。如 16 世纪法国诗人剧作家若岱尔（Etienne Jodlle，1532-1573）的戏剧《被俘的克里奥佩特拉》，加尼耶（Robert Garnier 1545-1590）的戏剧《马克-安东尼》（Marc-Antoine）。[1]美国学者吉尔伯特·海厄特在《古典传统：希腊罗马对西方文学的影响》一书中说："最早的法语戏剧是若得尔（Jodelle）于 1552 年搬上舞台的《被俘的克娄佩特拉》（Captive Cleopatatra）。剧本效法了塞内卡的悲剧，不过作者自称借鉴的是希腊戏剧，并自诩'用法语吟唱希腊悲剧'。该剧格律包括十音节抑扬双行体和亚历山大双行体，合唱部分采用抒情诗形式。作品庄重但显得沉闷。"[2]若得尔即若岱尔，他可能是欧洲最早书写克里奥佩特拉主题的剧作家，比莎士比亚的戏剧《安东尼与克里奥佩特拉》还要早半个世纪。文艺复

1　［美］乔治·斯坦纳，《悲剧之死》，陈军　昀侠译，浙江工商大学出版社，2018 年，20-21 页。

2　［美］吉尔伯特·海厄特，《古典传统：希腊罗马对西方文学的影响》，王晨译，北京联合出版公司，2019 年，177 页。

兴时期意大利的文学家乔万尼·薄伽丘曾写过一部名为《西方名媛》或译为
《西方名女》的书,其中就写到了克里奥佩特拉[3];17 世纪意大利剧作家阿
尔菲利创作了他的第一部悲剧《克娄佩特拉》。[4]20 世纪克里奥佩特拉的故
乡——埃及,诗人剧作家艾哈迈德·邵基(1868-1932)于 1929 年创作了四
幕诗剧《克娄巴特拉之死》。关于这部诗剧,黎巴嫩的学者汉纳·法胡里评
论道:"《克娄巴特拉之死》是邵基创作的最完美的一部诗剧,虽然尚有不
足之处,但在艺术上却是十分成功的。首先,诗人成功地创造了地方色彩,
全剧均在充满埃及习俗的古埃及环境中进行,如养蛇,以蛇作比喻,看手相
占卜未来等。"[5]邵基的诗剧《克娄巴特拉之死》使得克里奥佩特拉的文学
主题从欧洲回到她的故乡埃及。

西方艺术史上还有以"克里奥佩特拉之死"为题材的绘画和音乐,如法
国作曲家柏辽兹的音乐作品《克里奥佩特拉之死》,意大利画家圭多·雷尼
(Guido Reni,1575-1642)的油画《克里奥佩特拉》,法国画家亚历山大·卡
巴内尔(Alexandre Cabanel)的油画《克里奥帕特拉》等。17 世纪意大利卡拉
瓦乔画派的女画家阿特米谢·简特内斯基(Artemisia Gentileschi)(1593-1653)
创作了大量女性题材的绘画。她曾于 1621-1622 年和 1630 年代两度创作《克
里奥佩特拉》。19 世纪末 20 世纪初俄罗斯诗人亚历山大·勃洛克与 20 世纪
俄罗斯女诗人安娜·阿赫玛托娃都曾创作过名为《克里奥佩特拉》的诗歌。
美国学者乔治·斯坦纳指出:"比较文学不只是文学的比较,更是将文学和
音乐、绘画、雕塑、电影等领域组成交响乐章、彼此烛照的应许之地。"[6]乔
治·斯坦纳所谓的"应许之地",即是跨艺术比较研究的领域。

乔治·斯坦纳还认为:"单就西方而言,20 世纪的艺术、音乐、电影、
文学,不断地借助古典神话中的意象,如俄狄甫斯、厄勒克托拉、美狄亚、奥
德修斯、纳喀索斯、赫拉克勒斯和海伦。在此,进入了比较文学的深水区域。
这些母题为什么有限?世界其他地方的文学贡献了怎样重要的母题?它们在

---

3 [意]乔万尼·薄伽丘,《西方名女》,苏隆编译,华文出版社,2003 年,134-140
  页。
4 《古典传统:希腊罗马对西方文学的影响》,425 页。
5 [黎巴嫩]汉纳·法胡里,《阿拉伯文学史》,郅溥浩译,宁夏人民出版社,2008
  年,431 页。
6 李晓钧,乔治·斯坦纳与比较文学,《中国比较文学》,2013 年第 4 期 (总第 93
  期),98 页。

不同的艺术样式中如何嬗变？这些构成了比较文学主题研究的重要课题。"[7]
克里奥佩特拉虽是历史人物但也属于艺术史上反复出现的主题。本文主要拟
以意大利女画家阿特米谢·简特内斯基的油画《克里奥佩特拉》与亚历山大·
勃洛克和安娜·阿赫玛托娃的同名诗歌进行跨艺术比较分析，同时梳理考察
克里奥佩特拉的主题嬗变及其互文性关系。

众所周知，埃及艳后克里奥佩特拉是一个历史人物。根据古希腊历史学
家普鲁塔克的记载，她是古埃及托勒密王朝的最后一位国王，后自杀身亡。
大约经过中世纪的沉寂，到文艺复兴时期，克里奥佩特拉走出了历史，逐渐
进入到艺术世界。克里奥佩特拉在历史著作中的记述，戏剧文学中的表现
以及艺术文本中的再现，这些以克里奥佩特拉为主题的不同艺术文本之间
重叠交织的现象可以用互文性理论来解释。互文性理论是法国学者朱丽娅·
克里斯蒂娃在总结提炼巴赫金的诗学与符号学理论的基础上提出来的。西
方文学批评家把文本之间利用、吸收、扩展、改写，或在总体上加以改造的
其他文本间的关系，称为"互文性"或"文本互涉"。简特内斯基的油画
《克里奥佩特拉》与亚历山大·勃洛克和阿赫玛托娃的同名诗歌《克里奥佩
特拉》都是同一主题的书写，也都是对之前有关克里奥佩特拉文本的吸收
和转换。

资料来源：雅昌艺术网。阿特米谢·简特内斯基，克里奥佩特拉，油画，1621-22。

---

7 乔治·斯坦纳与比较文学，97-98 页。

阿特米谢·简特内斯基的油画《克里奥佩特拉》共有两幅。其中的一幅画（上图）中克里奥佩特拉侧卧于纱布之上，双腿交叉，左小腿压住右小腿，左手臂弯曲放置于头发后，头颅仰枕于左手，右手紧握一条小蛇，蛇缠绕手腕，蛇头直挺；她全身赤裸，丰腴健壮，肚腩微突，双目紧闭，如熟睡一般。英国女学者格丽塞尔达·波洛克通过把阿特米谢·简特内斯基的油画《克里奥佩特拉》与乔尔乔内《沉睡的维纳斯》以及希腊化时期的雕塑《入睡的阿里阿德涅》比较后，指出："画中的女性身体，犀利、不连贯，紧张化与被压缩的肌肤，造成的效果令人不安。这就取代了表现一个舒适人体的线条，没有将一个女性身体放置在艺术处理加工的边界以内。背景布锐化了身体的左侧轮廓，身体的曲线在幕布的映衬下，被那仔细勾画出的扁乳头打断。从举起的肘部开始的线条并没有顺畅地滑向躯体，而是沉入了空洞的暗部。取而代之的是另一条始于丑陋暗部的线条，在那里肩膀上的肌肉被举起的手臂挤压。这描绘出的，是胸部以上肌肉组织所形成的隆丘。"[8]波洛克从女性主义观点出发，用犀利的语言描述，这不是一幅优美的画作，相反，她认为女性画家可以为另类的艺术史书写提供案例。阿特米谢·简特内斯基的油画《克里奥佩特拉》打破了正典化的传统，制造了通俗化的"女性裸体"，这与男性视角形成强烈反差。她说："任何关于克里奥佩特拉的西方绘画，都包含于其自身话题性矛盾的兴趣与危险之中。这既可以确证一种男权中心的逻辑，也有着破坏她的威胁。"[9]所谓正典化，即是西方绘画史上描绘的女性形象一般都是端庄美丽，神性十足；所谓通俗化是指不刻意按照女神标准神化女性，而是描绘日常生活中的女性，即审美日常化。阿特米谢·简特内斯基的油画《克里奥佩特拉》还原了世俗日常的埃及艳后。波洛克对阿特米谢·简特内斯基的油画《克里奥佩特拉》的解读主要是将油画中的人体和姿态置于历史语境考察，她发现这位女性艺术家不同于男性艺术家的独特视角，即克里奥佩特拉是一个平常的中年妇女，并非美貌出众的皇帝艳后。

8　[英]格丽塞尔达·波洛克，《分殊正典：女性主义欲望与艺术史的书写》，胡桥，
　　金影村译，江苏凤凰美术出版社，2019年，187页。
9　《分殊正典：女性主义欲望与艺术史的书写》，199页。

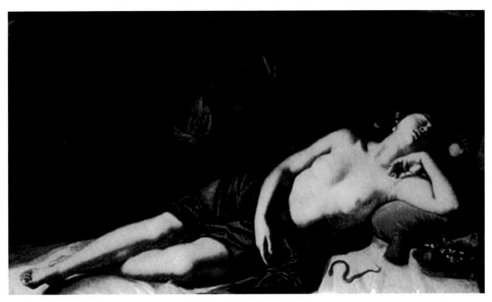

资料来源：雅昌艺术网。阿特米谢·简特内斯基，克里奥佩特拉，油画，1630 年。

　　简特内斯基的另一幅同名油画中克里奥佩特拉侧卧于床，上半身赤裸，左手小臂弯曲放置于颈项，形成三角形，右手自然下垂至左腿，双腿交叉，右小腿覆压左小腿。一块蓝色绸布覆盖腰部，头颅后仰，上身半裸，双目紧闭，也如熟睡一般。接近腰部床上有一条毒蛇，基本呈反"S"形。室内有一前一后两个女仆，似惊讶地凝视着克里奥佩特拉。整幅油画可分割为两个三角，左上三角光线暗淡；右下三角光线明亮，主要突出克里奥佩特拉，两个女仆则被暗化处理。

　　针对阿特米谢·简特内斯基的油画《克里奥佩特拉》共有两幅油画，格丽塞尔达·波洛克指出："第一幅《克里奥佩特拉》的全部身体与抗拒死亡的意识构成了一个女性主题身份与肉体性的图像……在这后一幅《克里奥佩特拉》中，用蛇来象征的阴茎被摒弃了。"[10]缺乏美感的肉体并非是对女性的丑化，而是展示妖艳女王真实身份，克里奥佩特拉就是一个普通女人。征服她的伟人诸如凯撒、安东尼如同蛇一般被她无情的抛弃了。

　　19 世纪法国诗人约瑟-马丽娅·德·埃雷迪亚的十四行诗《安东尼和克里奥佩特拉》：

　　　　高台上，他们俩看着埃及

---

10 《分殊正典：女性主义欲望与艺术史的书写》，154 页。

在令人窒息的天底下熟睡，

肥沃的尼罗河，穿过黑三角，

奔巴斯特或萨伊斯而去。

罗马人，哄着孩子睡眠，

这被俘的战士，透过沉重的盔甲，

感到那迷人的身躯在他紧紧拥抱下

顺从地瘫倒在他胜利的胸前。

她甩开褐发，转过苍白的脸，

向那个被奇香醉倒的男子

送去艳红的唇和晶亮的眼。

热血沸腾的将军，跪在她面前，

在她金光闪闪的大眼里

看见汪洋一片，战船在哪儿逃逝。[11]

这首是书写的是安东尼与克里奥佩特拉战败诀别之际的情境，他们看着熟悉的土地，奔涌的尼罗河，拥抱接吻告别。诗歌意境宏大，场面凄婉动人。

19 世纪末 20 世纪初俄罗斯诗人亚历山大·亚历山德罗维奇·勃洛克也（Александр Александрович Блок，1880-1921）曾创作了名为《克里奥佩特拉》的诗歌。其诗如下：

悲伤的蜡像馆开放了

一年、两年、三年的光景。

我们这群喝醉的无耻看客

急忙赶来……女王正等在棺中。

她躺在玻璃的灵柩里，

非死非生，虽死犹生，

猥琐的看客们交头接耳

没完没了地对她出言不逊。

她慵懒而舒展地躺着，——

永远忘却，永远留在梦乡……

蛇能从容不迫轻而易举地

11 《法国名家诗选》，飞白译 ，海天出版社，2014 年，274-275 页。

将她蜡做的乳房咬伤……

我自己就是个无耻之辈，

带着两个蓝色的眼圈，

我来欣赏一番这展出的蜡像，

欣赏一番这副高傲的容颜……

每个人都在仔细端详你，

但你的棺椁只要不是空的，

我肯定会不止一次听到

你腐朽的双唇发出的高傲的叹息：

"为我摇炉散香吧。撒上鲜花。

在那些被遗忘的久远时光

我是埃及的女王。我朽腐了，

成了一抔土——如今是一尊蜡像！"——

"女王啊，我为你痴狂！

我在埃及不过是一个奴隶，

可现在命运却注定了

要我成为世人和国王！

你如今在棺中可会看见罗斯，

她跟罗马一样为你痴迷？

我和恺撒，可会平起平坐——

在命运面前，在连绵的未来世纪？"

我就此打住。我望着她。她听不见。

然而，透过她透明的丝衣

依稀可见她的乳房在轻微起伏……

我仿佛听见她无声的话语：

"当年我可是呼风唤雨。

如今我能比所有人更雷厉风行：

我要让喝醉的诗人释放出眼泪，

我要让喝醉的妓女释放出笑声。"

1907 年 12 月 17 日[12]

勃洛克的诗歌《克里奥佩特拉》共十节四十句，似乎是书写观看蜡像馆中克里奥佩特拉蜡像时的感受与想象。诗歌从观者与克里奥佩特拉的互动中书写"克里奥佩特拉之死"及其"复活"。其中的细节"蛇能从容不迫轻而易举地将她蜡做的乳房咬伤"，与 18 世纪英国著名的传记作家沙拉·菲尔丁写作了《埃及艳后》描述一致。在这部传记中关于克里奥佩特拉之死是这样描述的："她不放心，索性抓起小蛇，放到自己的丰乳上，让她在自己温热的胸口上又咬了一口"[13]诗歌中女王与看客，看与被看，他们之间交替对话。诗人想象克里奥佩特拉"腐朽的双唇发出的高傲的叹息"，她曾与凯撒平起平坐，是埃及女王，当然也是一位极具争议性的人物。可如今变为一尊蜡像，却被看客或者观者指指点点，说三道四。历史与现实对比，引发世事变迁今非昔比的感慨。诗的最后两句："我要让喝醉的诗人释放出眼泪，我要让喝醉的妓女释放出笑声。"意在表达克里奥佩特拉虽死犹荣的豪情和难以言说的苦涩。

20 世纪俄罗斯女诗人安娜·阿赫马托娃（Анна Ахмотова，1889-1966 年）于 1940 年写作的诗歌《克里奥佩特拉》，她不仅用她崇拜的诗人普希金的诗句作引言，而且用简短的诗句描述了克里奥佩特拉之死。其诗如下：

甜蜜的影子覆盖着
亚历山大城的宫殿
——普希金

她吻过安东尼僵死的嘴唇，
跪在奥古斯都面前留下了眼泪……
女仆背叛了她。在罗马雄鹰之下，
胜利的号角吹响，黄昏的雾霭在弥漫，
她的美擒获的最后一名俘虏走进来，
高大而匀称，他惊惶地对她耳语：
"你——将作为女奴……在凯旋中被送往……"
但天鹅的颈项依旧平静地垂曲着。

而明天孩子们将戴上镣铐。哦，这世间

12　[俄]亚历山大·勃洛克，《勃洛克诗选》，郑体武译，上海译文出版社，2017 年，203-204 页。

13　[英]沙拉·菲尔丁，《埃及艳后》，苏跃译，京华出版社，2007 年，431 页。

她已无甚冀求——仍然与男人开了个玩笑，

用一只冷漠的手把黑色的小蛇摆上

黝黑的胸脯，仿佛诀别的怜悯。[14]

　　阿赫马托娃诗歌《克里奥佩特拉》的引语，"甜蜜的影子覆盖着亚历山大城的宫殿"一句，出自普希金的短篇小说《埃及之夜》中一位来自意大利的即兴诗人，根据抽签的题目《克里奥帕特拉及其情夫》朗诵的诗句。[15]这部短篇小说中即兴诗人的诗《克里奥帕特拉及其情夫》讲述了克里奥帕特拉甘愿用肉体换取三个自愿与她同床共枕的情夫的生命。《埃及之夜》中克里奥帕特拉的两性关系随意混乱，与荡妇无异。诗一开头写道，"她吻过安东尼僵死的嘴唇，跪在奥古斯都面前留下了眼泪"，阿赫马托娃叙写克里奥佩特拉昔日的荣耀和屈辱，戏剧性陡转的情节喻示未来可见的结局。其中"天鹅的颈项依旧平静地垂曲着"一句天鹅意象，与英国剧作家德莱顿《埃及艳后》（《一切为了爱情》）第五幕中安东尼拔剑自杀，临死前与克里奥佩特拉对话提到的天鹅相似。《一切为了爱情》中克里奥佩特拉说道："你的话好像天鹅垂死的歌声，太甜蜜了，所以不能持久。"[16]安东尼的情话虽然动听，但却是临死前的绝唱。阿赫马托娃用赞美克里奥佩特拉如天鹅般的高贵和不屈倔强的个性。而德莱顿用天鹅的歌声比拟安东尼的情话。诗中的黑小蛇和黑胸脯意象似乎是克里奥佩特拉身份的标记，这是异族人与来自异域埃及的标签。英国学者哈里·卡纳指出："巴考士教派有相似的仪式，他们在神坛上供着两只柳条篮子，盖半开，内面各盛着一条蛇。在篮子的上面蹲着一个裸体的妇人，众祭司之中，有一个在肩膊上扛着一格伟岸的阳具。"[17]巴考士即巴克斯，希腊酒神狄奥尼索斯的别名。这位学者还对无花果这种植物做解释："说到迦南民族以'丛林'象征女性，又使我们回想到古埃及抬着太阳神乌色里斯出游时所持的无花果树叶。各种树之中，上古人似乎格外喜欢以无花果树或叶来象征性器。原因是无花果的形状，很像妇人的子宫，其枝梗则很像爱西斯女神的乐器。"[18]在莎士比亚的戏剧《安东尼与克里奥佩特拉》和德莱顿

14　［俄］阿赫马托娃，《没有主人公的叙事诗——阿赫马托娃诗选》，汪剑钊译，读者出版传媒股份有限公司，敦煌文艺出版社，2014年，188页。

15　［俄］普希金，《埃及之夜》，磊然 水夫等译，人民文学出版社，2010年，279页。

16　［英］德莱顿，《埃及艳后》，许渊冲译，漓江出版社，1994年，156页。

17　［英］哈里卡纳，《性崇拜》，方智弘译，湖南文艺出版社，1988年，170-171页。

18　［英］《性崇拜》，50页。

的戏剧《一切为了爱情》中，均写到乡下人送藏有蛇的无花果果篮帮助克里奥佩特拉用毒蛇自杀的细节。这个细节被勃洛克和阿赫马托娃写进各自的诗《克里奥佩特拉》，即克里奥佩特拉拿毒蛇咬自己的乳房。

上述有关克里奥佩特拉主题的戏剧、绘画、传记和诗歌等艺术文本之间构成庞大的互文性网络。不同文本之间的相互转换激活并扩张了原文本的影响力，从某种意义上，一个前文本被不断地改写、改编、再现甚至是翻译都使得前文本一次次重生或复活。克里奥佩特拉由一个历史人物变为一个艺术形象转折的节点是莎士比亚的戏剧《安东尼与克里奥佩特拉》。而这部戏剧的题材源自普鲁塔克的历史著作《希腊罗马名人传》。美国学者吉尔伯特·海厄特指出："1579 年，托马斯·诺斯爵士将阿米约的译本译成英语，使得普鲁塔克成为带给莎士比亚最多新鲜体验的作者。《尤里乌斯·恺撒》、《科里奥拉努斯》、《安东尼与克里奥佩特拉》和《雅典的提蒙》都取材于《名人传》"[19]吉尔伯特·海厄特的这个结论不是想象性的臆测，而是建立在实证分析的基础之上的。他把普鲁塔克的历史著作《希腊罗马名人传》中《马库斯·安东尼传》第 26 章，普鲁塔克描绘克里奥佩特拉首次登场的细节景象[20]与莎士比亚的戏剧《安东尼与克里奥佩特拉》第二幕第二场的细节作了精细的比较。在莎剧中这个细节是这样描述的："她坐的那艘画舫就像一尊在水上燃烧的发光的宝座；舵楼是用黄金打成的；帆是紫色的，熏染着异香，逗引得风儿也为它们害起相思来了；桨是白银的，随着笛声的节奏在水面上下，使那被他们击动的痴心的水波加快了速度追随不舍。讲到她自己没有字眼可以形容；她斜卧在用金色的锦绸制成的天帐之下，比图画上巧夺天工的比维纳斯女神还要娇艳万倍，在她的两旁站着好几个脸上浮着可爱的酒窝的小童，就像一群微笑的丘比特一样，手里执着五彩的羽扇，那羽扇扇得风，本来是为了让她柔嫩的面颊凉快一些的，反而使她的脸色变得格外绯红了"[21]莎士比亚戏剧的这一段文字原本是诗体。吉尔伯特·海厄特说："下面的例子（指上述引文——笔者注）足以说明莎士比亚如何将普鲁塔克的散文体描写改编成诗体——在保留原作优美元素的基础上，他用想象和意象为其增色，并发挥了

19　《古典传统：希腊罗马对西方文学的影响》，177 页。
20　《古典传统：希腊罗马对西方文学的影响》，179 页。
21　［英］威廉·莎士比亚，《莎士比亚全集》（第八卷），朱生豪译，中国文史出版社，2015 年，138 页。

自己雄辩才能。"[22]翻译成汉语的台词虽是散文化的,但也精确传达了原文之意。通过比较,可以看出两部书中的细节描述几乎完全一致。

德莱顿的戏剧《一切为了爱》源自对莎剧《安东尼与克里奥佩特拉》的改编,而俄罗斯诗人勃洛克和阿赫马托娃则是莎士比亚的崇拜者,他们的诗歌和戏剧创作都受到莎士比亚的影响。郑体武先生在《论勃洛克的〈哈姆雷特组诗〉》一文中分析道:"哈姆雷特组诗是勃洛克创作的以哈姆雷特和奥菲丽娅为主题的系列诗,创作年代从勃洛克早期一直延续到晚期,可以说,几乎伴随着诗人的整个创作生涯。"[23]并且指出了勃洛克创作所受的影响,他说:"勃洛克早期创作中的戏剧性限素主要来自两方面的影响:一是俄罗斯民间的滑稽舞台戏,二是莎士比亚。"[24]勃洛克和阿赫马托娃同为俄罗斯象征主义诗人,它们的诗歌《克里奥佩特拉》与莎士比亚的戏剧《安东尼与克里奥佩特拉》之间不仅是同一主题的互文关系,还是一种承传和影响关系。克里奥佩特拉主题是艺术史的宏大叙事,它吸引艺术家的不仅是帝王艳后的传奇历史,而且还有英雄美人老套模式。然而,勃洛克和阿赫马托娃的诗歌《克里奥佩特拉》与简特内斯基的油画《克里奥佩特拉》不约而同地选择了"克里奥佩特拉之死"这一情节。为何这一情节唯独吸引艺术家的眼球呢?可能的原因是克里奥佩特拉之死是一场悲剧,她的死法是独特的埃及式的。这种充满异域情调的死亡场面富有多义性,它既包含着智慧——用无花果蓝掩藏毒蛇,又包含着残忍——用毒蛇咬死自己。当然也有西方艺术家追求新奇异域审美取向,即表现所谓的"东方情调"。不过,书写"克里奥佩特拉之死"在西方早有先例。如古罗马诗人贺拉斯的《颂诗集》第一部第三十七首就名为《克里奥佩特拉之死》,诗中写到:

> 此刻理当饮酒,此刻自由的足
>
> 理当敲击大地,伙伴们,此刻终于
>
> 可以在供奉神像的长椅上铺满
>
> 萨利祭司的丰盛食物。
>
> 以前,取出祖先窖藏的凯库布就是

---

22 《古典传统:希腊罗马对西方文学的影响》,179 页。

23 郑体武,《论勃洛克的〈哈姆雷特组诗〉》,载《外国文学研究》,1992 年,第 1 期,89 页。

24 《论勃洛克的〈哈姆雷特组诗〉》,89 页。

亵渎神灵，当这位疯狂的女王执意
摧毁卡皮托山的神庙，谋划
我们伟大国度的葬礼。

拥有一群肮脏淫邪的男人，一群
乌合之众，她饮醉了甘甜的时运，
左右于无限的欲望，什么都敢
梦想。然而，火焰中消殒

殆尽的舰队遏止了她的疯病，因为
马莱奥酒游荡迷失的神志也被逐回，
顿然意识到了真实的恐惧，
从意大利溃逃，一路如飞。

凯撒乘船追赶，犹如鹰追赶温驯之鸽，
犹如在积雪茫茫的海摩尼亚原野，
迅捷的猎人追赶兔子，决心
将这命运的兆象擒获，

交给镣铐和锁链。但是，她宁愿选择
化为废墟的宫殿，然后勇敢地引领
凶狠的毒蛇，直到自己的身体
将它黑色的毒液饮尽，

这精心设计的死是她最坚定的挑衅：
被野蛮的战船拖走，失去高贵的身份，
在凯旋仪式上任人羞辱——这一切
骄傲的女人断不能容忍。[25]

贺拉斯的《克里奥佩特拉之死》书写了一位在尊严与苟且之间选择高贵死去的克里奥佩特拉。这精心设计的死亡与她高贵的身份，不能容忍任人羞辱的个性相关，她用决绝而残忍的方式终结生命，彰显她的孤傲和倔强。诗人贺拉斯以欣赏的态度赞颂了这位埃及女王。

综上所述，通过对克里奥佩特拉艺术主题的历时性梳理和分析探讨，可

---

25 ［古罗马］贺拉斯，《贺拉斯诗全集》（上），李永毅译，中国青年出版社，2017 年，
91-93 页。

以发现，艺术史上有关克里奥佩特拉的主题是一个庞大的互文性网络。美国学者简·罗伯森与克雷格·迈克丹尼尔合著的《当代艺术的主题：1980 年以后的视觉艺术》一书中，对 1980 年以来西方艺术反复出现的七大重要主题：身份、身体、时间、场所、语言、科学与精神性进行了细致的概括和分析。两位学者指出："在很多艺术作品中，艺术家通过赋予对象以情感意义或暗示某种道德价值来表达一个主题。在一些作品中，主题是经由一整套象征符号而表达的（如玫瑰象征浪漫的爱情，荆棘代表痛苦）。在对艺术史的研究中，一套相互关联且约定俗成的象征符号被称为图像志（inconography）。在使用主题方法时我们建构起一个思维框架，用以理解艺术作品表达的思想在特定材料、形式和意象中的具体体现。"[26]关于"图像志"，潘诺夫斯基曾这样解释："图像志是美术史研究的一个分支，其研究对象是与美术作品的'形式'相对的作品的主题与意义。所以，我们首先应当界定主题［subject matter］或意义［meaning］相对应的形式［form］之间的区别。"[27]因此，图像志即是主题学或者是主题学的分支。本文的主题指的是艺术史上艺术家反复书写的题材，这些被反复书写的主题在西方艺术史上并非个案，每一个这样的个案都可作为主题史研究的对象，以此形成跨艺术比较的研究领域——跨艺术主题学。

26　［美］简·罗伯森，克雷格·迈克丹尼尔，《当代艺术的主题：1980 年以后的视觉艺术》，匡骁译，江苏美术出版社，2013 年，11 页。

27　［美］欧文·潘诺夫斯基，《图像学研究：文艺复兴时期艺术的人文主题》，戚印平、范景中译，上海三联书店，2011 年，1 页。

第五章　欧罗巴从神话到艺术

　　欧罗巴的神话不仅是艺术家喜爱的题材之一，而且也是诗人热衷书写的题材。西方艺术史上以欧罗巴神话为主题的绘画数量可观，其中最为著名的有提香、布歇、鲁本斯等人的油画《劫持欧罗巴》。希腊化时代和文艺复兴时期的意大利的诗人也曾写作过这个题材的诗歌。19 世纪法国著名诗人兰波在其诗歌中对这个题材也有涉及。20 世纪圣卢西亚诗人德瑞克·沃尔科特也以此为题材创作了诗歌《欧罗巴》。本文主要拟以 17 世纪荷兰画家伦勃朗同名画作和圣卢西亚诗人德瑞克·沃尔科特的诗歌《欧罗巴》为例，进行跨艺术比较分析。

　　欧罗巴的神话在希腊的壁画、瓶画和典籍中均有记载。如希腊人阿波罗多洛斯的《神话文库》中说："欧罗芭是希腊神话传说中腓尼基王阿格诺尔之女。相传，欧罗芭在海滨与侍女嬉水，被主神宙斯瞥见，他化作一健美白牡牛，向她们走来（《文库》Ⅲ1,1），欧罗芭被其高雅的神态所吸引，不禁用手轻轻抚摸，随后骑在牡牛背上，白牡牛驮着欧罗芭缓缓而行，渐渐离开女神，向海中走去。欧罗芭一直被带到克里特。"[1]关于欧罗巴的词义，有这样的解释："在希腊语中'欧罗芭'意为'阔眼睛'。她与当地一女神相近似，有时与之混同。"[2]阔眼睛即大眼睛，但与哪位女神混同呢？瑞典学者尼尔森在《希腊神话的迈锡尼源头》一书中依据考古发掘文物指出："在古米底亚（old mideia）附近的登德拉（Dendra）圆顶墓穴中出土了异常丰富美丽的文物，该墓葬是由柏森（Persson）教授在 1926 年发掘的。其中有 8 块蓝色的玻璃壁画，它们显然是用模子倒出

1　魏庆征，《古代希腊罗马神话》，北岳文艺出版社，1999 年，853 页。
2　《古代希腊罗马神话》，854 页。

来的，因为每一个都一摸一样。这些壁画上描绘了一个女人坐在一头巨大的公牛背上。"[3]这个考古发掘的壁画应是较早的宙斯与欧罗巴神话的图像化佐证材料。也有学者说，欧罗巴与希腊十二主神中的谷物女神德墨忒耳为同一神祇。"欧罗芭的前身是位女神，她在克里特、希腊、小亚和腓尼基广受崇拜。《荷马颂歌》把她看作月亮女神。在希腊的彼奥提亚地区，欧罗芭等同于谷物女神德墨忒耳，她和雨神宙斯并受供奉。"[4]欧罗巴是否为谷物女神德墨忒耳？值得商榷。但作为备受崇拜的女神，应是事实。上述来源不同的神话材料主要表明了两点：一是欧罗巴是腓尼基人，一个来自异域的女神；二是宙斯与欧罗巴神话解释了欧洲这个地名的由来。公元前490年的希腊瓶画《欧罗巴与公牛》就是这个神话的图像化。画中肥硕的白色公牛侧身站在欧罗巴之前，奔走姿态，黑白线条，简洁分明，运笔流畅。欧罗巴侧身立于公牛之后，右手拇指与食指轻抓牛角尖，左手舒展，成舞蹈造型。她身着短袖长裙，头发束扎，手臂头饰清晰可见（如图①）。[5]

①图片来自网络。公元前490年，希腊瓶画《欧罗巴与公牛》。

3 ［瑞典］马丁·佩尔森·尼尔森，《希腊神话的迈锡尼源头》，王倩译，井玲校，陕西师范大学出版社，2016年，20页。

4 王以欣，《寻找迷宫——神话、考古与米诺文明》，天津人民出版社，2001年，337页。

5 李淼，刘方编，《希腊瓶画》，工人出版社，1987年，27页。

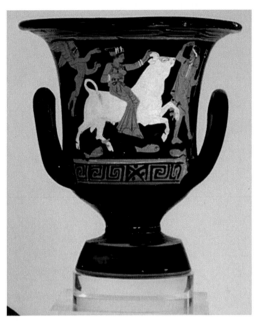

②图片来自网络。希腊瓶画,《欧罗巴与公牛》。

图②是希腊彩绘瓶画,画中欧罗巴侧坐白色公牛身上,身着长裙,头戴装饰帽子,公牛脚下是三条鱼,标识海洋。公牛身后似有长翅膀的天使,前面还有一女神,引导。

伦勃朗,1632 年,油画,The Abduction of Europa 欧罗巴之劫,美国加州,保罗盖蒂博物馆。

17 世纪荷兰画家伦勃朗·哈尔曼松·凡·莱因（Rembrandt Harmenszoon van Rijn，1606-1669 年）创作了数量较为可观的以希腊神话为题材的油画，这些油画主要有：《安德洛墨达》《书房中的女神密涅瓦》《女战神柏隆娜》《吹肥皂泡的丘比特》《花神芙罗拉》《狄安娜与阿克泰翁》《达娜厄》《宙斯与安提欧波》等。值得注意的是，伦勃朗曾在 1631 年至 1635 年间创作了三幅表现劫夺女神的画作，它们分别是 1631 年创作的《劫走珀耳塞福涅》、1632 年的《诱拐欧罗巴》和 1635 年的《劫夺伽倪墨得斯》。其中最著名的当属《欧罗巴之劫》（The Abduction of Europa）。英文"Abduction"有"绑架，拐骗，劫持"之意。这幅画描绘了欧罗巴被化作公牛的宙斯劫持后，被驮着奔跑在波涛汹涌的水中，惊恐地回头看着河岸上的片刻与瞬间。油画中欧罗巴身着紫色长裙，金发飘逸。这幅画的构图呈对角，岸上与海中相对，白色的牡牛驮着欧罗巴，前蹄奔腾，尾巴高翘，欧罗巴手抓牛角，侧身回望。岸上一侍女举手惊呼，另一侍女似未有反应，高处一车夫转身凝视，车旁一侍女蹲在草地，她们身后是浓密高大的森林，时间大约是傍晚，乌云密布，远处城堡若隐若现。诚如法国学者让·皮埃尔·韦尔南所言，"我们从欧罗巴的遭遇中看到了一起拐骗人口事件、一段从一个世界到另一个世界的旅程，最后她被拘禁在克里特岛上与世隔绝。"[6]宙斯与欧罗巴的神话可以理解为拐骗人口事件，但不同的艺术文本对于这个古典神话取用各不相同。伦勃朗的油画选取了欧罗巴被劫持的瞬间，他基本上是根据希腊神话中的叙写描述以图像加以呈现。但是，绘画的焦点聚焦在岸边的侍女们对这一突如其来的事件的反应，是伦勃朗的想象。英国艺术批评家罗杰·弗莱指出："我认为，可以肯定的是伦勃朗深深陶醉于戏剧性情境。他因其戏剧性兴趣而选择主题，并以这样一种方式来处理它们，强调光线高于一切。"[7]从整幅油画来看，画中光线最亮的部分恰好在岸边的侍女身上，宙斯与欧罗巴神话最富戏剧性的情境无疑是欧罗巴被劫持的瞬间，这个瞬间或片刻浓缩了整个神话戏剧性的行动，也富有戏剧的冲突性，这也是许多艺术家选择这一瞬间或片刻来表现提喻整个主题的原因。

6　[法]让·皮埃尔·韦尔南，《宇宙、诸神与人》，马向民译，文汇出版社，2017年，174 页。

7　[英]罗杰·弗莱，《伦勃朗：一种阐释》，见《弗莱艺术批评文选》，沈语冰译，江苏美术出版社，2017 年，263 页。

除画家再现"劫持欧罗巴"的古典神话外，早在希腊化时期就有诗人书写这个神话。英国学者理查德·巴克斯顿指出："希腊化时代的诗人莫朔斯在诗中描写了欧罗巴被公牛般的宙斯所劫持的情景，他们从平静的海面上飞速掠过，受到一连串友好而欢快的祝贺：海豚在水中腾跃、半人半鱼的小特里同们吹响了海螺、涅锐伊得斯则骑着深海怪兽。"[8]希腊化时代的诗人描述的根本不是劫持，而是一种征服或者类似"抢婚"的庆祝风俗仪式。虽然，莫朔斯有关欧罗巴的诗难以查证，但是生活在公元前 1 世纪的罗马诗人贺拉斯却留下了他写给一位名叫加拉泰（Galatea）女士的诗作。布兰克认为，贺拉斯的欧罗巴神话主要参考的是公元前 2 世纪的泛希腊诗人莫斯科斯（Moschus）。在这个版本里，朱庇特并未强奸欧罗巴，而是一到克里特岛，立刻现出真身安慰她，保证娶她为妻，并且没有食言。贺拉斯的改动在于，他让朱庇特消失了，而让维纳斯和丘比特先出现。[9]公元前 2 世纪的泛希腊诗人莫斯科斯（Moschus）即是理查德·巴克斯顿提及希腊化时代的诗人莫朔斯。这首诗为萨福体，四行一节。汉语译文采用每节前三行五顿、末行二顿模仿原诗节奏，以 ABAB 的格式押韵。诗中涉及到欧罗巴神话内容在第 25 行至75 行，这部分诗如下：

> 欧罗巴也是如此将雪白的身体
> 托付狡猾的公牛，虽然果决，
> 充满怪兽的海和显明的诡计
> 仍令她变色。
>
> 不久前她还兴奋地采花，在草地上，
> 为水泽仙女编缀头冠，转眼已
> 夜色黯淡，除了星星和波浪，
> 一切都隐匿。
>
> 刚到达以百城闻名的克里特，她就
> 哀叹："我竟抛弃了女儿的名分，
> 父亲，瞬间的疯狂竟轻易夺走

8　［美］理查德·巴克斯顿，《想象的希腊：神话的多重语境》，欧阳旭东译，华东
　　师范大学出版社，2014 年，96 页。

9　［古罗马］贺拉斯，《贺拉斯诗全集》（下），李永毅译，中国青年出版社，2017 年，
　　1045 页。

孝心与责任！

哪里来？去哪里？我的罪，一次死亡
是太轻的惩罚。我现在是醒着哭诉
自己的耻辱，还是空洞的影像
从象牙门逃出，

引领着一个梦，正在欺骗其实
无辜的我？穿越这茫茫波涛，
或者采撷新开的花，到底
哪个更好？

谁若现在将可恨的公牛交给我，
我定会用剑将它一阵狂削，
斩断我刚才还在亲热爱抚的
怪物的角，

多羞耻，我如此丢下祖先的家神，
多羞耻，我竟然还没死！这些哀叹
若能被某位神听见，我真想赤身
浪游在狮子间！

与其等这张俏丽的脸颊凋谢
枯萎，等这个柔嫩的战利品流尽
汁液，我宁可将美丽的躯体充作
老虎的点心。

轻贱的欧罗巴，遥远的父亲在催促。
为何还犹豫？你可以用这条幸运
跟随的腰带挂住这棵栎树，
扼断脖颈，

或者你更愿意跳崖，让尖利的岩石
杀死你，赶紧吧，没入迅疾的风暴，
除非你甘心做奴隶，每日梳理
待纺的羊毛，

贵为公主，却沦为小妾，被蛮族的

女主人统治。"她如此哀哭，身边
维纳斯却在狡黠地偷笑，丘比特
也松开了弓弦。

戏弄够了，她便对欧罗巴说道，
"别再生气，别再激烈地指责，
既然可恨的公牛就要将它的角
交给你撕扯。

至高神朱庇特已决定娶你为妻。
知道吗？别哭了，学习如何迎接
这样的好运吧，你的名字将是
半个世界。"[10]

　　这首名为《致加拉泰》的诗出自贺拉斯《颂诗集》第3部第27首。诗一开头描述各种动物诸如猫头鹰、母狗、狼、狐狸、蛇、乌鸦、啄木鸟等阻止加拉泰前行。接着诗人笔锋一转，叙写欧罗巴上当受骗之后的悔恨以及爱神维纳斯对她的劝慰。"你的名字将是半个世界。"维纳斯这句恭维羡慕的诗句是说欧罗巴成为朱庇特的妻子将拥有半个世界，如果从地理角度理解，欧洲在今天确是半个世界。十五世纪意大利佛罗伦萨诗人安格鲁·波利提安也曾改写过有关欧罗巴的诗歌，其诗如下：

你会惊叹：爱情的力量使朱庇特变成漂亮的公牛，
背负着美妙、惊恐的人儿奋蹄疾走。
这人儿频频回首，依恋失去的岸头。
风吹着衣衫，美丽金发在飘舞。
这人儿握紧牛角、抓住牛背，
抬起那双唯恐海水打湿的纤纤秀足。

心慌意乱蹲下身，徒劳大声呼，
亲密伙伴站在花团锦绣海岸头，
声声呼唤："回来吧，欧罗巴。"
海岸回声频频起："欧罗巴，回来吧。"

10　《贺拉斯诗全集》（上），251-257 页。

只有公牛徘徊（游水）在身旁，低头吻她的秀足[11]。

伦勃朗的油画《绑架欧罗巴》所描绘的欧罗巴被劫持的瞬间与安格鲁·波利提安的诗歌有着惊人的相似：欧罗巴握紧牛角、抓住牛背的动作，她的回头，岸边人的惊恐等细节。不同的是，是否有伙伴的呼喊以及海岸的回声，绘画难以表现。伦勃朗是否根据安格鲁·波利提安的诗歌创作了这幅油画，已不可考。

19世纪法国著名诗人兰波在《太阳与肉身》一诗的第四节写到了这个希腊神话，他说：

> 骑在宙斯这头白牛的脖子上，欧罗巴赤身裸体，
> 像个孩子一样晃来晃去，挥舞着洁白的手臂，
> 扑向波浪中颤抖的天帝强壮的脖颈，
> 天帝缓缓地向她投来蒙眬的目光；
> 她苍白如玉面孔垂落在宙斯的额上，
> 闭上眼睛，在神圣的一吻中死去，
> 河水呜咽，金色的泡沫
> 在她的头发上开满鲜花……[12]

兰波的诗歌《太阳与肉身》书写了众多希腊神话中的女神，欧罗巴仅是其中之一，从这几句诗中可以看出，白色的公牛，洁白如玉的欧罗巴是诗歌最主要的意象，也是这个古老的神话主要人物。欧罗巴挥舞的手臂，对宙斯神圣的亲吻，似乎在表明欧罗巴并非被劫持或者绑架，而是主动式的投怀送抱以及对宙斯爱意的心悦诚服。1992年诺贝尔文学奖的获得者圣卢西亚诗人德瑞克·沃尔科特依据希腊神话宙斯劫夺欧罗巴创作了诗歌《欧罗巴》，其诗如下：

> 元月如此照耀，我都能数清
> 平房上椰树纵横交织的阴影，
> 平房的白墙因失眠而愤怒。
> 星星一滴滴泄漏到海扁桃的
> 铁甲鳞片上，逗人的云彩

11　[美]E·潘诺夫斯基，《视觉艺术的含义》，傅志强译，辽宁人民出版社，1987年，65-66页。

12　[法]兰波，《兰波作品集》，王以培译，作家出版社，2011年，17-18页。

像金被般皱起，光华四溢。

海浪不知餍足地群交，

呻吟声穿透屋墙。我觉得我的心绪

变得白似月光，改变着那

由白昼清楚无误地设计的形象，

是指从一棵树变成一个俯身于浪花中的女体；

然后，是一座小山的黑驼背，阔步逼近，

它的鼻孔轻轻发出鼾声，渐渐靠近那

用流银淋浴着双乳的赤裸的少女。

二者本可以依然保持适当的距离，

要不是贞洁的月亮迅速扯过一片乌云

作帷幕，让他们的身影交合。

她与那闪光嬉戏，是的，可是一旦

你屈服于人类的色欲，你就

透过那一片月光看出它们的真面目——

那些化为种牛的神，化为发情的天鹅的神——

一种过分煽情的农夫文学。

谁曾见，在他们深潜的驰骋中，

她白皙的双臂勾住他的双角，她的双腿紧夹？

谁曾见，在咸涩的黑暗中畜生和女人丢了时，

在枯竭的泡沫的嘶嘶声中，

她莹白的肉体化作磷火般的星座？

那里什么也没有，一如既往，

除了楔入地平线之光的浪沫，

然后，是细如丝线的、加饰钉的甲胄，

像水珠般依然在他的毛皮上抖颤，

蹄子和角尖在群星间颠倒成字谜。

1981[13]

13　［圣卢西亚］德瑞克·沃尔科特，《德瑞克·沃尔科特诗选》，傅浩译，河北教育
　　出版社，2003 年，223-224 页。

　　德瑞克·沃尔科特的诗《欧罗巴》共有两节。第一节诗的开头交代了时间：这是一个月明星稀的夜晚。平房和大海构成两个地理空间，这两个空间穿插交汇，不断转换。由"海浪不知餍足地群交，呻吟声穿透屋墙。"写到"一个俯身于浪花中的女体"，女体即欧罗巴，浪花中的女体令人想到希腊神话中爱与美的女神阿芙洛狄特的诞生。赫西俄德《神谱》中说："由于她是在浪花（'阿弗洛斯'）诞生的，故诸神和人类称她阿弗洛狄忒（即'浪花中所生的女神'或'库忒拉的花冠女神'）"[14]紧接着两句诗诗人使用希腊神话典故："那些化为种牛的神，化为发情的天鹅的神"一句包含《宙斯与欧罗巴》和《丽达与天鹅》两个古典神话和宙斯两次变形。诗人质疑道："她莹白的肉体化作磷火般的星座？"，欧罗巴化为星座是宙斯与欧罗巴神话的延伸，即公牛化为星座或欧罗巴化为金牛座或宙斯将公牛的形象升到天幕，成为了金牛座的传说。整首诗将古典神话放置在现代生活的场景，达到了古典融入现代，神圣融入日常的艺术效果。

　　诗歌中德瑞克·沃尔科特对宙斯与欧罗巴性爱过程作了较为详细的描述。诗中写到，"她白皙的双臂勾住他的双角，她的双腿紧夹？"这一句诗是诗人想象性的添加细节，这个细节表达欧罗巴是主动配合与享受的性行为？还是拒绝反抗这种性行为？似乎是半推半就。整首诗像是描述一场性梦：黑夜月光下，展露宙斯与欧罗巴交媾的场面。弗洛伊德曾指出："当一个有文学天才的人描述他的游戏或叙述在我们看来是他个人的白昼梦时，我们体会到来自多方面的巨大乐趣。作家怎样做到这一点，是他内心深处的秘密。最根本的诗艺（ars potica），在于克服我们对白昼夜的反感所用的技巧。而这肯定与每个人同他人之间的隔绝有关。我们推测这个技巧中的两个方法：作家通过变化及伪装，使白昼梦的自我中心的特点不那么明显、突出；与此同时，提供了纯粹形式的（美学的）乐趣，以此使我们买他的账。"[15]虽然无法了解诗人内心的秘密，但通过伪装与变化描述的白日梦确定无疑。格丽梅勒·格丽尔指出："有人把强奸看作为不可遏制的欲望的表现，或视为对某种不可抗拒的魅力作出的不由自主的反应，这些看法纯属妄说。任何被强暴的女子

14　[古希腊]赫西俄德，《工作与时日　神谱》，张竹明，蒋平译，商务印书馆，1996年，32页。

15　[奥]弗洛伊德，《论创造力和无意识》，孙凯祥译，罗达仁校，中国展望出版社，1987年，50-51页。

假如在据理抗争时却听到攻击者说什么'因为我爱你'或'因为你实在太美了'等等废话时，她会觉得这是极其荒唐的答复。强暴行为是一种谋害性的侵犯，它产生于自我厌恶的心理而施加于被仇恨的他人。"[16]格丽梅勒·格丽尔从女性主义的视角分析了强奸行为，并驳斥了强奸所谓的正当性。但是，几乎所有的艺术家在书写欧罗巴被劫或者强暴这一题材时，似乎都抱着一种欣赏的心态，强奸行为被人为审美化和合法化了。荷兰学者米克·巴尔指出："各种艺术形式都对强暴这一主题十分偏爱，不断选择它作为艺术主题，强暴简直成了一种文化象征。再现强暴的艺术作品众多，每个人都能触及作品的多种涵义，文化里的每一个成员因为艺术作品是少数精英群体的'高雅'形式就没有机会接触强暴故事。这里谈到的艺术作品，既是现实的，有时修辞的；既可读，又晦涩。这些作品能使我们了解艺术不仅是社会生活的一部分，艺术同时也构建了社会生活。"[17]如果说，欧罗巴的神话是古代"抢婚"风俗的再现或者隐喻，这似乎无关道德和法律，但是，现代社会抢婚或者强暴绝对是一种违法行为。艺术家喜爱强暴主题，有意淡化了强暴行为有悖伦理与法律的事实，反而加以美化。德瑞克·沃尔科特的诗歌《欧罗巴》虽然意境朦胧，但叙写的还是想象性的享受型的性爱场面，这与绘画艺术再现强暴主题异曲同工。

欧罗巴从伦勃朗的绘画再到德瑞克·沃尔科特的诗歌，这个古老的希腊神话不断地被挪用改写，除涉及文学的主题的嬗变以及文本之间的互文性外，还牵涉文化挪用的问题。英国学者詹姆斯·O·扬在《文化挪用与艺术》一书中解释挪用一词时说："《牛津英语大字典》将'挪用'定义为'对某件私人物品的复制……；据为己有或者供自己使用'。这条解释准确地抓住了挪用的含义，有的表演艺术家挪用其他文化的歌曲，有的艺术家则将其他文化作为自己创作题材。艺术家们使用其他文化的风格、形式、情节和其他美学元素，收藏家和博物馆则将其作为自己的私人财产。这些都是挪用的范例。"[18]欧罗巴来自东方的腓尼基，她的神话则产生于希腊，而加勒比海的圣卢西亚

---

16 ［英］格丽梅勒·格丽尔，《被阉割的女性》，杨正润，江宁康译，章兼言校，江苏人民出版社，1990 年，267 页。

17 ［荷兰］米克·巴尔，视觉修辞：贯通图文的寓言符号，王漠琳译，《绘画中符号叙述：艺术研究与视觉分析》，段炼编译，四川大学出版社，2017 年，207 页。

18 ［英］詹姆斯·O·扬，《文化挪用与艺术》，杨冰莹译，湖北美术出版社，2019年，4 页。

诗人德瑞克·沃尔科特则挪用这个希腊神话。这种挪用属于艺术之间的题材挪用（subject appropriation）。詹姆斯·O·扬指出："题材挪用有时也称为'声音挪用'（voice appropriation），它尤指一个外来者以第一人称描述当地人生活的行为。"[19]德瑞克·沃尔科特的诗《欧罗巴》比较契合詹姆斯·O·扬所谓的题材挪用或者声音挪用，对希腊文化而言，诗人是一个外来者，并且在诗中使用了第一人称。如"元月如此照耀，我都能数清"，"我觉得我的心绪"等诗句。但是诗歌中第一人称的使用，更能说明"我"身临其境的现场感，"我"是一个旁观者或窥视者。

由此看来，艺术家对诸如欧罗巴被强暴主题的处理或者挪用，虽然时间空间跨度大，但并不影响艺术家的共识或者同谋。不论是画家还是诗人，他们都注重声音的挪用，采用第一人称，强调真实或者在场。热衷于再现欧罗巴神话的大都为男性艺术家，艺术家的性别身份成为再现强暴主题的关键性因素。欧罗巴具有多重身份：她是腓尼基的公主，宙斯的配偶以及欧洲大陆的古老名称。作为地名的欧罗巴也进入到诗歌，19 世纪末 20 世纪初俄罗斯诗人奥·曼德尔施塔姆于 1914 年写作了诗歌《欧罗巴》，这首诗书写的是地理学上的欧洲，诗中写到："它像一个地中海螃蟹，或者像只海星，／它是被浪花抛出水面的最后一片大陆。／欧罗巴的海岸弯弯曲曲，如生龙活虎，／那一个个半岛上的雕像如临空高悬，／它的海湾的轮廓多少富有女性特点：／比斯开湾、热那亚湾，一条懒懒的弧。"[20]欧洲的地形地貌被比为螃蟹、海星、龙虎和女性，诗人曼德尔施塔姆在诗中描述欧洲现状，嘲讽在神圣同盟专制君主的控制下支离破碎的欧洲。曼德尔施塔姆的诗歌《欧罗巴》是题材挪用一个特殊个案。不同的艺术家对题材挪用有所取舍，根据需要表现不同的主题：或抢婚或爱情或强暴或政治。但欧罗巴只有一个，那就是古典神话中的欧罗巴。

说明：本文发表于《神话研究集刊》，第 2 集，巴蜀出版社，2020 年，收入此书又略作了补充修改。

---

19 《文化挪用与艺术》，6 页。

20 ［俄］曼德尔施塔姆，《曼德尔施塔姆诗选》，智量译，华东师范大学出版社，2016 年，74 页。

第六章　达娜厄从神话到艺术

“现在大地像达娜厄躺在星斗下，你也敞开了整个心扉等着我”

——丁尼生《现在红花瓣、白花瓣》

英国诗人丁尼生（Alfred Tennyson）在他的诗《现在红花瓣、白花瓣》又译为《深红色的花瓣睡着了》（Now Sleeps the Crimsn Petal）中有这样的诗句：“现在大地像达娜躺在星斗下／你也敞开了整个心扉等着我／现在流星悄然落，划一道光迹／像对你的情思，悄然落进了我。”[1]这首诗虽然汉语译名不同，但不同的译者都试图译出情诗的意味。美国著名的文学理论家M·H·艾布拉姆斯曾高度评价丁尼生的这首诗，他说：“爱情是抒情诗最为常见的主题。在两千多年来见于篇籍的情爱诗中，我尚未发现堪与丁尼生的这首《深红色的花瓣睡着了》（‘Now Sleeps the Crimsn Petal’）相媲美的作品。丁尼生在维多利亚时代中产阶级中的流行度超越了前此的任何一位诗人”[2]对于丁尼生这首著名的情诗，艾布拉姆斯作了精细分析，他指出：“三个连续对句中的第二个以一种克制而隐晦的方式蕴含了被我视为诗歌中最为显眼的易引起性联想的意象：‘Now lies the Earth all Danae to the stars.’在古希腊神话中，年轻貌美的达娜厄（Danae）之父为阻挡其追求者，囚其于图圄之内；然好色多情的主神宙斯，我们以一个为尊者讳的词（euphemism）来讲，化身一片黄金雨“临”（visits）了她。在揭示了丁尼生凝缩的典故之

1　［英］丁尼生，《丁尼生诗选》，黄杲炘译，外语教学与研究出版社，2018年，221页。

2　［美］M·H·艾布拉姆斯，《诗歌的第四维度》，茹恺琦译，《上海文化》，2016年，第3期，63页。

旨意后，我们便可明白这句诗所想表达的意义：在充满热望的情郎眼里，整个大地都显现为一位姗然可爱的女性，仰卧着承接为数甚巨的来访星辰的沐浴：'Now lies the Earth all Danae to the stars.'"[3]虽然，艾布拉姆斯在这篇论文中主要探讨诗歌的声音问题，即诗歌通过读或者朗诵产生的艺术效果是分析诗歌的一个重要维度——"第四维度"。但是，在分析中涉及对这首诗歌主题的解读。

丁尼生诗中提及的达娜厄是希腊神话中的埃塞俄比亚的公主。关于她的神话在希腊的典籍、瓶画以及壁画等均有记录或图示。据希腊化时期的诗人阿波罗多洛斯的《神话文库》（周作人的译名为《书藏》）记载："阿克里西俄斯去求乩示，怎样才能得到一个男孩，神说她的女儿将生一个儿子，将要杀害他。阿克里西俄斯惧怕这事，乃在地下造了一间青铜的住室，把达娜厄关在里边。可是她被人诱惑了，有人说是普罗托斯，因此发生了她们兄弟间的纠纷；有人说是宙斯，他化身为〔金雨〕，从屋顶流入达娜厄的怀中，和她交会了。后来阿克里西俄斯知道了她生子珀尔修斯的时候，他不肯相信她是被宙斯所诱惑的，把他的女儿和那小孩放在一个箱子里，抛下海去。那箱子漂流到塞里福斯的岸边，狄克提斯得到那孩子，便留养了他。"[4]有关宙斯与达娜厄的神话，阿波罗多洛斯提供了两个版本，有可能一些神话学者把普罗托斯诱奸达娜厄，强加在了宙斯头上，因此，在希腊神话中宙斯成了乱搞男女关系的主神。后来的西方艺术家在使用达娜厄这个神话主题时，它基本上被切分为五个独立的艺术母题：分别为神谕—囚禁—金雨—漂泊—寄居。达娜厄神话之后，她的儿子珀尔修斯又构成另一体系的神话，诸如他如何砍断美杜萨的头颅，如何解救安德罗墨达等。仅就达娜厄神话而言，西方艺术家习惯于各取所需。以文艺复兴为界，文艺复兴之后的艺术家大多选取了宙斯与达娜厄的幽会或者著名的"金雨"，这在绘画领域十分明显。仅有少数几位艺术家选取了达娜厄神话的不同艺术母题，如古希腊诗人西摩尼得斯的诗歌与19世纪英国艺术家沃特豪斯的油画截取的是达娜厄的漂泊主题；尼德兰画家扬·戈沙尔特则选择了达娜厄的囚禁主题。

古希腊诗人西摩尼得斯也许是西方最早书写达娜厄神话的诗人之一，他又叫凯奥斯岛的西摩尼得斯（Simonides of Ceos，约前556-前468）。公元一

3　［美］《诗歌的第四维度》，64页。
4　［古希腊］阿波罗多洛斯，《希腊神话》，周作人译，长江出版社，2018年，97页。

世纪的希腊传记作家普卢塔克认为那句被人广泛传扬的名句，"画是无声诗，诗是有声画"即是西摩尼得斯所言。朱光潜先生也说："希腊诗人西摩尼德斯所说的"画是一种无声的诗，诗是一种有声的画"，已替诗画一致说奠定了基础。接着拉丁诗人贺拉斯在《诗艺》里所提出的"画如此，诗亦然"，在后来长时期里成为文艺理论家们一句习用的口头禅。在十七、十八世纪新古典主义的影响之下，诗画一致说几乎变成一种天经地义。公元前一世纪的罗马诗人贺拉斯［Horace］（65-8BC）那句"诗如此，画亦然"［ut pictura poesis］则构成了十六世纪中期和十八世纪中期有关诗画关系讨论的基点。"[5]这样看来，西方最早指出诗画密切关系的人应该是诗人西摩尼得斯，不仅如此，他也是最早书写达娜厄神话的诗人之一。他的诗歌《达娜厄》较后世艺术家有所不同，他没有书写人人皆知的金雨，而是书写达娜厄母子在海上的漂泊无助。西摩尼得斯诗歌《达娜厄》全诗如下：

> 狂风吹打着那个精巧的方舟，
>
> 海上波涛汹涌颠簸，
>
> 她心惊胆战，脸上泪水不干。
>
> 她伸手搂着佩尔修斯说道：
>
> "儿呀，你这样苦，却不知道哭，
>
> 仍像乳儿般低头熟睡，
>
> 睡在这个铜钉钉的木箱中，
>
> 睡在这光照暗淡的黑夜，
>
> 感觉不到浪花打来，
>
> 在你发间留下厚厚的盐渍；
>
> 觉察不出海风呼号，只管在这紫色襁褓中脸儿贴着我熟睡。
>
> 你如果知道可怕的事情可怕，
>
> 就会竖起耳朵来听我说话。
>
> 让我们的无穷灾难安睡。
>
> 天父宙斯啊，但愿快从你哪儿
>
> 发来我们转危为安的兆头！

---

5 ［德］莱辛，《拉奥孔》，朱光潜译，译后记，人民文学出版社 2016 年，第 235 页。

我这恳求，也许冒昧，

不近情理，请你宽恕。"[6]

　　西摩尼得斯的诗歌《达娜厄》书写的是达娜厄携子珀尔修斯出逃，孤独无助的母子俩漂泊在海上木箱中几近绝望的情景，表现达娜厄的绝望怨愤及呼求。诗中"精巧的方舟"指的是木箱，当年珀尔修斯还是一个婴儿，熟睡在紫色襁褓中。达娜厄祁求宙斯能使他们转危为安。保护她们母子安全的"方舟"——木箱一如被遗弃的摩西熟睡的木盆，《达娜厄》的漂泊主题与《荷马史诗》中的奥德修斯一致。这首诗画面感与剧场感十分强烈，场景一开始由远及近，由苍茫的大海聚焦到漂流的小木箱，然后再到木箱中达娜厄怀抱着熟睡的婴儿珀尔修斯。她对宙斯的呼求类似戏剧的独白——自言自语，自说自话。在希腊诗人中西摩尼得斯是一位比较奇怪的诗人，他似乎患有"厌女症"，厌恶鄙视女性。英国学者理查德·詹金斯指出："古风时期短长体诗歌留存下来的最长的残篇是阿莫尔戈斯人西蒙尼德斯（Semonides Amorgos）写于公元前 7 世纪中期的厌女题材习作，诗中将不同类型的女子比作不同的动物（除了将女子比作蜜蜂，其他都颇为不堪）。这并不十分有趣。"[7]但是诗人对达娜厄却情有独钟，抱有极大的同情。19 世纪英国画家约翰·威廉·沃特豪斯的油画《达娜厄》与西摩尼得斯的诗歌《达娜厄》主题比较接近，表现的虽不是漂泊主题，而是达娜厄母子平安靠岸的景象。画中达娜厄紧紧怀抱珀尔修斯站在已经打开的木箱上，她长发飘逸，左肩裸露，羞涩低首，惊异不安，楚楚动人。狄克提斯跪在岸边，左手抓住木箱的边缘，右手扶在砂石上，侧面剪影，消瘦脸庞，满脸胡须，正凝视着达娜厄母子。渔夫则双手拉紧木箱，凝视着狄克提斯。画中木箱精致考究，表明了达娜厄的身份。达娜厄母子是被驱逐者和无家可归者，前路未知。沃特豪斯的油画《达娜厄》中铜钉的木箱，与西摩尼德斯诗句的描述相似：珀尔修斯"睡在这个铜钉钉的木箱中"。这种相似是细节的，但也与囚禁达娜厄的"铜阁"吻合，这说明沃特豪斯的古典主义风格。

6　[古希腊]《希腊抒情诗选》，水建馥译，人民文学出版社，1988 年，169-170页。

7　[英]理查德·詹金斯，《古典文学》，王晨译，上海世纪出版集团 上海文艺出版社，2016 年，43 页。

约翰·威廉·沃特豪斯，《达娜厄》。

西摩尼得斯的诗歌《达娜厄》主要书写达娜厄母子在大海上的漂泊，选材视角独特，充满了对达娜厄母子的同情怜悯。他不像后来的西方艺术家集中选取宙斯与达娜厄幽会的细节，即所谓的"金雨"。艺术家们选取"金雨"，一方面是这个神话固有的情节，另一方面与文艺复兴的大气候相关。肯定人性，歌颂爱情成为这一时期艺术的流行主题。从文艺复兴时期意大利画家柯雷桥到提香乃至现代派画家克里姆特，裸体、金雨、性包含其中。包括音乐家理查德·施特劳斯（Richard Strauss，1864-1949）约作于1940年歌剧《达娜厄的爱情》（Die Liebe der Danae）也是如此。西方艺术自文艺复兴之后的绘画几乎是千篇一律书写宙斯与达娜厄的幽会或者"金雨"。达娜厄神话中神谕一如俄狄浦斯的父亲拉伊俄斯得到的神谕，是古希腊人命定论地重述。从这则神话中似乎还可以发现类似俄狄浦斯情结的珀尔修斯情结。与杀父娶母的俄狄浦斯的弑父娶母不同，作为孙子的珀尔修斯要杀的是他的外公。神话中的"金雨"也是一种隐喻，含有精液与财富之意。

柯雷桥、提香、伦勃朗、欧拉齐奥·简提列斯基的同名油画《达娜厄》可归为同一类型即"金雨"绘画系列。它们有共同的特点：绘画空间——室内床上；人物姿态——裸体斜躺或半坐；画中人物至少两个以上，或为天使（柯雷桥的《达娜厄》），或为仆人（提香的《达娜厄》），或为隐藏的宙斯（伦勃朗的《达娜厄》）；金雨从空而降，或成雾状（柯雷桥的《达娜厄》），或为金币（提香、伦勃朗、欧拉齐奥·简提列斯基的《达娜厄》）。"金雨"系列的《达娜厄》绘画之间呈现互文性，这种互文性是一种模仿性的再现。

柯雷桥（Antonio Correggio，1499-1534），《达娜厄》，罗马博尔盖塞美术馆藏。

　　柯雷桥的油画《达娜厄》洋溢着文艺复兴时期的艺术气息，画中达娜厄半坐在床上，上半身裸露，她头发金黄，从右肩自然下垂，背靠枕被，右手抓住白色床布，左手拧住床布一角。张双翅的小天使赤裸，左手与达娜厄共扯床布，右手向前伸出，张开手掌似接从空而降的雾状之金雨，他抬头仰望，充满期待。画中三位小天使与达娜厄姿态自然，表情从容，整幅画既有世俗生活气息，又有某种高贵的神性。

提香·韦切利奥，又译提齐安诺·维伽略（Tiziano Vecelli 或 Tiziano Vecellio，约 1488 ／ 1490 年-1576）（Tiziano Vecelli）作，《达娜厄》，埃尔米塔日博物馆藏。

　　提香的油画《达娜厄》已经完全脱离神性，画中达那厄全身赤裸，斜躺在床上，背靠枕被，左手伸向两腿之间意在遮盖隐秘处，右手靠枕自然下垂。她的双腿分开，右腿弯曲，脚踩床布，左脚斜放于床。她抬头望着金雨，面无表情，安详平静。一个年老女仆人正张开衣衫，兜接着从空而降的金币，对财富的渴求跃然纸上。这幅油画描绘的是达娜厄的"近景"，周围基本上被帷幕包围，空间相对狭窄。提香的《达娜厄》让人自然联想到马奈的油画《奥林匹亚》。

伦勃朗·哈尔曼松·凡·莱因（Rembrandt Harmenszoon van Rijn，1606-1669），《达娜厄》，布面油画，1636 年，185×203 厘米，俄罗斯艾尔米塔什博物馆藏。

　　伦勃朗的油画《达娜厄》中的达娜厄裸体侧身斜躺在床上，身体略微前倾，她的上方是被绑住双手的小爱神丘比特。达娜厄丰满肉欲，脸向前方，迎着光线伸出了右手臂，强烈的光线把达娜厄的身体照亮，左手弯曲扶在枕头上，红色手链清晰可辨。达娜厄的右边是正在偷看的天神宙斯，他躲在帷幕后，露出半个身子，凝视达娜厄手指方向。《达娜厄》在技法上使用了明暗对比，背景是相对柔和的褐色，聚焦在达娜厄身上的光使用的是暖色，营造了一种热烈肃穆的氛围。

欧拉齐奥·简提列斯基（Orazio Gentileschi）《达娜厄》（Danaë）1621 年作。

　　欧拉齐奥·简提列斯基是十七世纪早期意大利巴洛克时期的代表人物。他的油画《达娜厄》中达娜厄裸体侧身斜躺在床上，右手舒展高举，似接金雨，左手弯曲扶床，腰间缠绕纱巾，双乳坚挺，肤色白皙，双腿略微弯曲，人体曲线流畅。达娜厄身体右后方为一小天使，他双手高举，抬头仰望，迎接纷落的金币。这幅油画的人体造型基本上与伦勃朗的《达娜厄》相同。

尼德兰画家扬·戈沙尔特（1478-1533），《达娜厄》。

　　西方不同时期艺术家的绘画《达娜厄》，选材为"金雨"，隐喻了性爱的主题。尼德兰画家扬·戈沙尔特的《达娜厄》则另辟蹊径，选择了达娜厄神话中"囚禁"的主题。画中达娜厄身着蓝色长裙，上身半裸，展露右乳，抬头观望屋顶，面无表情。她的四周是坚实青铜立柱，而作为少女的她正端坐于其父阿克西俄斯囚禁她的铜阁之中，显得落寞无助。在达娜厄的头顶正洒落着"金雨"。达娜厄的囚禁源自其父得来神谕，后来神谕应验，她的儿子珀尔修斯杀死了达娜厄的父亲。法国学者简·大卫·纳索在引述拉康的精神分析理论时指出："在俄狄浦斯情结中，父亲的身份是一个暗喻：它是一个能指，产生于代替另一个能指的位置。'父亲'这个能指出自于代替'母亲的欲求'这个能指的位置。父亲就意味了母亲的欲望。换句话说，对于孩子，父亲也是一个男人，一个母亲欲求的男人"[8]如果按照精神分析学的理论理解，潜在意义为达娜厄有"弑母娶父"的俄狄浦斯情结或者达娜厄情结，他的父亲出于乱伦的禁忌或恐惧，故将她囚禁于铜阁。

法国学者马科斯·扎菲罗普洛斯指出："在 1932 年《精神分析新论》第 33 讲关于女性特质中，弗洛伊德指出，女孩的俄狄浦斯情结的出口在于对父亲阴茎的欲望，或者之后的替代物（她丈夫的阴茎），这种欲望最终成了想要一个父亲孩子的欲望。这证实了弗洛伊德对于女孩的主体性建构，给予母亲一个至关重要的位置。在这种情况下，我们很明显的看到，母亲形象仍然被弗洛伊德当作女孩的自我理想，并最终建立了弗洛伊德称之为'女性位置（La situation feminine）的条件和女性欲望的特别之处'女孩转向父亲的愿望最初无疑是对阴茎的欲望，母亲已经拒绝了她，她现在希望从父亲那里得到自己没有的。但是女性的位置的建立只是当时阴茎的愿望被要孩子的愿望所取代的时候才发生，孩子就代替了阴茎的位置，这根据的是一个古老的象征等式……只是因为阴茎的愿望产生了，一个作为玩偶的孩子才变成了一个从父亲那里而来的孩子，并从此以后成了女性最强烈的目的。弗洛伊德总结说：'或许我们应该承认对阴茎的欲望是一种十分特别的女性愿望。'"[9]达娜厄被囚禁源自她对父亲的欲望或者男性阴茎的欲望，这种欲望难以实现，即使在囚禁中，也要与宙斯幽会，渴望得到孩子来代替父亲或者阴茎。当然这种愿望最终实现了，她生下了男孩珀尔修斯。达娜厄父亲的"神谕"得以应验，珀尔修斯意外杀了外公阿克里西俄斯。有学者指出："关于个人及家庭的神谕，流传下来的记载鲜有普通民众，一般都是传说中的英雄人物或者是后来成为很有影响力的人物。这一方面是因为历史学家较少关注普通民众为个人和家庭请求神谕的行为，另一方面是为了突出传说中的英雄人物的某种特性将其行为附会为神谕的指示，或者要为一些有影响力的人物发迹之前的行为寻找来自神谕的解释。"[10]显然，珀尔修斯神话的神谕属于后者。

16 世纪法国诗人龙萨有首《但愿我》的诗，诗中运用了达娜厄神话——

8　[法]简·大卫·纳索，《俄狄浦斯情结：精神分析最关键的概念》，张源译，中国轻工业出版社，2017 年，140 页。

9　[法]马科斯·扎菲罗普洛斯，《女人与母亲：从弗洛伊德至拉康的女性难题》，李锋译，福建教育出版社，2015 年，105-106 页。

10　李永斌，《阿波罗崇拜研究》，商务印书馆，2015 年，100 页。

"金雨"作为典故，其诗如下：

> 啊，但愿我能发黄而变稠，
> 化作一场金雨，点点滴滴
> 落进我的美人卡桑德蕾怀里，
> 趁睡意滑进她眼皮的时候；
>
> 我也愿发白而变一头公牛
> 趁她在四月走过柔嫩的草地，
> 趁她像一朵花儿使群芳入迷，
> 便施展巧计而把她劫走。
>
> 啊，为了把我的痛苦消减，
> 我愿做那喀索斯，她做清泉，
> 让我整夜在泉中沉醉；
>
> 我还求这一夜化作永恒，
> 我还求晨曦不要再升，
> 不再重新点燃白昼的光辉。[11]

这首十四行诗《但愿我》出自龙萨《颂歌集》中《给卡桑德蕾颂歌》，它是献给意大利姑娘卡桑德蕾的十四行情诗。诗歌古典色彩浓郁，全诗连用三个希腊神话典故，龙萨深厚的古典学养可窥一斑。第一个典故是达娜厄神话；第二个典故是欧罗巴神话；第三个典故是那喀索斯神话。前两个典故是天神宙斯化为金雨与公牛，幽会达娜厄，劫持欧罗巴。后一个典故是自恋情结的词源。这三个典故诗人用得自然贴切，通俗易懂。诗中"但愿我……"一句，贯串全诗，反复咏叹，情真意切，爱意浓烈。

瑞士学者克劳德·伽拉姆认为："从文本封闭的结构视角来看，神话从此就被简化为一个神话叙述的编撰版本，而叙述的主线也成为解读情节的推动元素。"[12]神话研究者布尔克特把几位有关奠基英雄的出生故事——通过叙述她们母亲——简化为一个由五个相同叙述行为组成的序列："（1）行为一：离家；（2）行为二：离群索居；（3）行为三：诱奸；（4）行为四：磨难；

---

11 《法国名家诗选》，飞白译，海天出版社，2014 年，85 页。
12 ［瑞士］克劳德·伽拉姆，范佳妮等译，张巍校，《诗歌形式、语用学和文化记忆：古希腊的历史著述与虚构文学》，北京大学出版社，2017 年，第 29 页。

（5）行为五：获救。"[13]这种研究神话方法显然受到了俄罗斯学者普罗普的影响。达娜厄被囚禁，大神宙斯诱奸达娜厄，达娜厄被驱逐流放以及获救大体都符合简化的叙述编撰版本。而不同的艺术家似乎根据表现的需要，截取了不同的叙述序列，或金雨或流放或获救等。除上述绘画诗歌挪用达娜厄这个古典神话外，达娜厄的神话还被奥地利诗人剧作家胡戈·冯·霍夫曼斯塔尔（Hugo von Hofmannsthal1874-1929）于1920年改编为《达娜厄的爱情》的剧作。德国作曲家理查德·施特劳斯（Richard Strauss，1864-1949）于1939年开始创作，并于1940年完成的以达那厄神话为题材的三幕神话歌剧《达娜厄的爱情（Die Liebe der Danae）》。欧文·潘诺夫斯基曾指出："图像志的graphy来源于希腊语动词graphein，意为'书写'。表示纯粹描述性的，而且常常是统计的方法。因此，正如ethnography［人种志］是关于人类种族的描述与分类一样，iconography［图像志］是关于图像的描述与分类。这是一种有限的辅助性研究，它告诉我们，某一特定主题在何时、何地、被何种特殊母题表现于艺术作品之中"[14]上述诗画都以达娜厄神话为主题，或直接表现，或作为典故，无论何种情形，同一主题的艺术之间构成了互文性。不同文本之间的相互转换激活并扩张了原文本的影响力，从某种意义上，一个前文本被不断地改写、改编、再现甚至是翻译都使得前文本一次次重生或复活。进一步分析，有关达娜厄的艺术文本在艺术史上反复再现，体现了古典传统对西方文艺强大的影响力，但是，就达娜厄神话本身而言，艺术家的选择本着各取所需的原则，并非整体照搬神话。因此，每一次艺术再现都是一次改写和创造。

13 《诗歌形式、语用学和文化记忆：古希腊的历史著述与虚构文学》，第30页。
14 ［美］欧文·潘诺夫斯基，《图像学研究——文艺复兴时期艺术的人文主题》，戚印平，范景中译，上海三联书店2017年，页下注，6页。

第七章　阿波罗与达芙妮从神话到艺术

　　阿波罗与达芙妮的神话是希腊最浪漫优美的神话之一。记录这个神话的典籍是古罗马诗人奥维德的《变形记》。此后，西方的艺术家尤其是画家雕塑家诗人反复书写这个古典神话，形成阿波罗与达芙妮神话的题材史，并使得各种艺术文本之间产生互文性。本文聚焦西方著名画家与当代诗人关于这个神话的书写，对艺术主题进行比较分析。

　　《变形记》原本是诗体，但是国内有散文体和诗歌体两种译本。阿波罗与达芙妮的神话的主要情节，通过散文与诗体的对照概述。散文体译本叙写："日神初恋的少女是河神珀纽斯的女儿达芙妮。他爱上她并非出于偶然，而是由于触怒了小爱神。"[1]诗歌体译本译为："福玻斯初恋的是佩纽斯之女达芙涅，——／事出有因，这是丘匹德生气捉弄造成的。"[2]小爱神丘比特射出两只爱与不爱的箭，阿波罗爱上达芙妮，但达芙妮躲避他。一日，阿波罗看到达芙妮边跑边说，《变形记》散文译本说："就在她逃跑的时候，她也是非常美丽。迎面吹来的风使她四肢袒露，她奔跑时，她的衣服在风中飘荡，清风把她的头发吹起，飘在后面，尽说些甜言蜜语，爱情推动着他，他加紧追赶。就像一条高卢的猎犬在旷野中瞥见一只野兔，……忽然她感觉两腿麻木而称重，柔软的胸部箍上了一层薄薄的树皮。她的头发变成了树叶，两臂变

1　[古罗马]奥维德，《变形记》，贺拉斯，《诗艺》，杨周翰译，上海人民出版社，2016年，34页。

2　《古罗马诗选》，飞白译，花城出版社，2001年，181页。

成了树干。"[3]诗歌体译本译为：

> 在爱情的催促之下，他紧追足迹不舍。
> 正如高卢猎犬，在开阔的田间见到野兔，
> 捷足追求猎物，而后者急奔追求安全；
> 前者好像已经触及了她，觉得马上能
> 把她抓住，伸着鼻子紧追着她的脚跟，
> 后者弄不清楚自己是否已被捉住，她离
> 背后即将咬合犬牙利齿只差一丝；
> ……
>
> 但神毕竟快一步，凭着爱情的双翼
> 他不给她喘息之机，已紧挨着她的背，
> 他的呼吸吹拂着她飘在颈后的头发。[4]
>
> 她的肢体，柔嫩酥胸箍上了一层树皮
> 头发长成了树叶，手臂长成了树枝，
> 刚才还迅捷的脚扎下了呆滞的根，
> 而头变成了树顶。只有她的美依然留存。[5]

　　奥维德的诗叙事完整，生动优美，诗中用了大量比喻，刻画了景色及人物心理。上述文字都译自奥维德的《变形记》，按理说，《变形记》应该翻译为诗歌体，但因其年代久远，文字难懂，文体限制，翻译难度大。无论是诗歌体，还是散文体，后世的艺术家借用的主要是其中的情节或者艺术母题。千百年来，难以计数的艺术家都书写刻画过这个神话。从奥维德的《变形记》到当代诗人的诗歌，从文艺复兴时期意大利画家到十九世纪的绘画大师都涉猎过这个题材，如普桑、沃特豪斯、夏赛里奥、透纳等，雕塑大师贝尼尼也创作过阿波罗与达芙妮的雕塑作品。英国学者理查德·詹金斯指出："其中（指《变形记——笔者注》）一些幽默显得欢乐而粗俗。当达芙妮逃避阿波罗的追逐时，后者暗示，如果跑得慢些，自己会追的慢些——仿佛这场追求是供读者消遣的游戏（奥维德还表示，逃跑中的她甚至更美了）。阿波罗还吹嘘自己在一些重要的地方受到崇拜，并指出朱庇特是自己的父

3　杨周翰译，《变形记》，36 页。
4　《古罗马诗选》，184 页。
5　《古罗马诗选》，185 页。

亲。"[6]《变形记》中是这样说的："问一声是谁爱上了你吧，我可不是 /
什么山里人，不是什么放牛放羊的 / 蓬头妆人，便姑娘，你不知道你逃避的
/ 是谁，因此你才逃。我统治着德菲尔土地，/ 克拉洛斯、忒涅多斯、帕塔
拉国也侍奉我 / 尤庇特是我的父亲…… /"[7]理查德·詹金斯从这段神话中
读出了粗俗，这种粗俗可以看成是对太阳神阿波罗世俗的人性化的描述。

艺术家们大都抓住达芙妮变成月桂树的一瞬间来再现阿波罗与达芙妮的
神话。如法国 19 世纪画家泰奥多尔·夏塞里奥（Theodore Chasserian，1819-
1856 年）的油画《阿波罗与达芙妮》就是达芙妮变成月桂树瞬间的刻画：达
芙妮裸体站立，腿腕以下的部分变成树根，并深深扎进土里。上半身还是人
形，躲避阿波罗向上伸张的双手，黑色的长发从胳膊与脖颈中间飘出，她双
目紧闭，似乎沉睡。阿波罗身着红色衣衫，跪在达芙妮的脚下，左手搂抱着
她的腰部，右手想触摸她的长发，满头金发，散发光芒。他抬头深情凝望着
达芙妮，身后背着竖琴。

泰奥多尔·夏塞里奥，阿波罗与达芙妮，布面油画，1845 年，巴黎卢浮宫。

6 ［英］理查德·詹金斯，《古典文学》，王晨译，上海世纪出版集团 上海文艺出版
  社，2016 年，264 页。
7 《古罗马诗选》，183 页。

沃特豪斯，《阿波罗与达芙涅》1908 年。

英国画家沃特豪斯的油画《阿波罗与达芙妮》夏塞里奥的同名油画大同小异。达芙妮身体被树枝缠绕，侧身站立，双手上举，避开追逐，身着蓝色长裙，上半身裸露，回头凝望，表情茫然。阿波罗左手握琴，右手前伸触摸达芙妮，身着红衣，一头长发。但是，画中明显看出达芙妮的身体是被嵌入到树枝之中的，有人为造景的痕迹。

《阿波罗与达佛涅》，1627年，油画，尼古拉斯·普桑（Nicolas Poussin）。

法国古典主义画家普桑的油画《阿波罗与达芙妮》是一幅充满温馨宁静的画作。油画抓住达芙妮变为月桂树的瞬间场景，达芙妮的双手已经变为树枝，身体胸部前也被树叶覆盖，头颅后倾，身材修长。阿波罗左手搂着达芙妮的腰肢，右手放在她的左腋下，深情凝望达芙妮。他们的周围是小天使，有的嬉戏，有的飞翔。远方群山连绵，近处赤色晚霞。

贝尼尼的雕塑，《阿波罗和达芙妮》，1622-1625 年，藏于罗马博而盖塞博物馆。

17 世纪意大利雕塑家贝尼尼的大理石雕塑《阿波罗和达芙妮》展现出强烈质感、动感和美感，堪称经典。一位主教观看雕塑后写了一首诗："迷恋的人儿追赶着欢乐，这昙花一现的美色啊！他得到的只是一个苦果，几片绿叶。"8

20 世纪美国女诗人爱尔兰女诗人努拉·尼·古诺尔和乔丽·格雷厄姆的诗是对这个古老神话的重述。而加拿大诗人玛格丽特·阿特伍德和美国诗人露易丝·格丽克的诗是对这个古老神话的改写。重述与改写神话既是重述神话的趋向，又是诗人借用激活古典题材的有益尝试。西方当代为数不少的女诗人率先突破题材限制，使得古老的神话"现代化"。

当代爱尔兰女诗人努拉·尼·古诺尔（1952-）的诗《达芙妮与阿波罗》

---

8 杨超编著，《巴洛克与洛可可的浮华时代：17-18 世纪的欧洲艺术》，陕西出版集团，陕西人民美术出版社，2011 年，16 页。

如下：

　　当诗人之首与你嬉耍，追逐你，
　　像灵敏的猎犬嗅逐野兔的踪迹，
　　你疾奔，冰结成飞旋的溜冰者，
　　饰着蔓藤纹的八音盒，弯曲的嫩枝。
　　你脚上的根根血管蔓延进泥土里，
　　一层花纹外皮罩住了你的胸膛，秀发
　　飞扬出枝条，翠叶漾溢，一尊渐渐
　　化作木头的躯干吞吮着你的臂和腿；
　　你凡人的魂在月桂树的光辉中浮荡。
　　不朽的神抚摩你寸寸木质的纹理，
　　感觉你带着体温的主枝惊恐的脉动，
　　亲吻每根枝条仿佛那就是人的手腕；
　　一双月桂的纤手擎接着融入桂冠，
　　那胜利的头颅赞颂着日神的激情。
　　但全当说笑，假使你迎合了他，
　　假使心中的门扇轰然洞开，
　　而不是紧锁防潮水的闸门，
　　抵御那使人顿悟的攻袭——
　　结果又会是怎么个样儿？
　　他并非撕裂肝脏，约会时强奸那种，
　　而是倾泻灵感与雅致的太阳神，
　　只消在无与伦比的晨光中一显身手，
　　他就会唤醒和风，吹拂深渊的表面。
　　当这位竖琴师，调响每一根琴弦，
　　水蛇也要竖立倾听；
　　听到这拂晓的合鸣，
　　静默，如幽雅的天鹅，款款溢落。[9]

9　［爱尔兰］努拉·尼·古诺尔，《达芙妮与阿波罗》，姜伟译，转引自姜伟论文：
　　解构诗歌凝固的永恒瞬间——评爱尔兰女诗人古诺尔的《达芙妮与阿波罗》沈阳
　　农业大学学报（社会科学版），2005年，第4期，567-568页

关于爱尔兰诗人努拉·尼·古诺尔的译名，国内译者也译作诺拉·尼高纳尔。古诺尔是一位有古典修养和才华的诗人，她的诗歌《达芙妮与阿波罗》主要依据《变形记》的叙写，对古老的神话进行重述。诗中的诗句如"像灵敏的猎犬嗅逐野兔的踪迹"，"一层花纹外皮罩住了你的胸膛"，"秀发飞扬出枝条，翠叶漾溢，"等与《变形记》的比喻性的语句如出一辙。古诺尔的诗歌《达芙妮与阿波罗》与贝尼尼的雕塑以及英国画家沃特豪斯的油画极为相似。古诺尔是否根据沃特豪斯的油画或者贝尼尼的雕塑创作了这首诗，不得而知。但是同样诗人抓住了达芙妮变成月桂树的动态瞬间，犹如造型艺术的雕塑和绘画，这一片刻是静止的和凝固的，或者说该诗就是一幅画和一尊雕塑。同时，诗中太阳神阿波罗以诗人和音乐家的身份出现，说他是"诗人之首"和"琴师"。古典神话中阿波罗本来就是艺术之神和文化英雄，不仅掌管艺术，而且还发明竖琴。但是，诗歌中也有现代印记，如关于"约会强奸"的现象与阿波罗神的对比。这首诗歌的结尾，以水蛇和天鹅聆听阿波罗优美的音乐结束，使人自然联想到芭蕾舞剧《天鹅湖》。

美国当代女诗人乔丽·格雷厄姆（Jorie Graham）写作的《阿波罗与达芙妮，即诗人自画像》虽然是古代神话的重述与改写，但也更对的是对神话的重构与现代人的想象。此诗写于 1987 年，收入乔丽·格雷厄姆的诗集《美的终结》，这是一本大胆尝试革新的诗歌集。美国诗歌评论家海伦·文德勒指出："此书标志着格雷厄姆和短行抒情式的决绝。"[10]在这本诗集中有六首双人自画像诗："《它们之间的姿态的自画像》《双方的自画像》《阿波罗和达芙妮的自画像》《匆忙和延迟的自画像》（珀涅罗珀的织机）《德墨忒尔和珀尔塞福涅的自画像》《波洛克与画布》"[11]这五首双人自画像诗几乎都以古典神话为题材，风格自由，画面感强，构成了她的"自画像"系列诗。

《阿波罗与达芙妮，即诗人自画像》是自画像系列诗中一首篇幅较长的自由诗，总共有 15 段，每段诗长短不一，用阿拉伯数字标注，最长的一段有 15 行，最短的 1 行。诗歌的第一句："真相就是，这个姿态已经延续了许久，满足了 / 他们想要她延续的愿望。"诗中的"姿态"意指阿波罗追逐达芙妮，而达芙妮变成月桂树的固定瞬间。这个瞬间或姿态是否为贝尼尼的雕塑，无

10　［美］海伦·文德勒，《打破风格》，李博婷译，广西人民出版社，2020 年，104 页。

11　《打破风格》，107 页。

从得知。真相是一个延续的愿望，诗中的"他们"指的是艺术家或者男人们，他们追逐占有女性的欲望即是真相。诗歌紧接着是描述自然的种种声响和景象。第 2、3 段各一句，阿波罗想一直占有达芙妮。从第 4 段开始直到最后一段是对这个古老神话的改写。阿波罗"追逐"达芙妮变成了"尾随"，诗中写到："他像日光一样尾随她（不是你想的那样，她说）/ 一帧帧无尽的画面（不是你认为所想的）"[12]这种类似电影镜头的场景，其实在解构着古典神话。乔丽·格雷厄姆曾有在纽约大学攻读电影研究专业的经历。她善于扑捉画面，镜头感强，切换娴熟。诗中不断底出现"画面"，如："整个故事好像对视觉的记载，/ 它们之间距离的形状，他想要跨过的缝隙。/ 她会停下，不再有追逐的画面，她想要 / 变成谁，/ 变成什么？"[13]又如："融于某一画面，不是行动双方所能看到的画面，/ 她想，/ 不是一个瞬间的画面，/ 不是一个典型的画面，"[14]乔丽·格雷厄姆有意将《阿波罗与达芙妮，即诗人自画像》这首诗写成"自画像诗"。海伦·文德勒说："作为一种视觉体裁，自画像总是依赖于某种镜子策略，以便画家能描绘出一个通常为他 / 她的个人视觉所不及的对象：他 / 她自己的脸。"[15]这是文德勒专门针对乔丽·格雷厄姆自画像类诗歌的定义。所谓"镜子策略"指的是以镜子为媒介的自我观照方式。乔丽·格雷厄姆的自画像诗不是追求表面形式的"视觉诗"，她力图在诗歌中运用诸如雕塑和绘画之类的造型艺术或者电影艺术的技法，构成静止性的视觉图像。诗歌的第 7 段："不同于那个动作，即：将它掷于地上 / 它便会变成蛇（摩西受惊吓逃走），/ 伸出手抓住它的尾 / 就会在他手中再次变为木棍——"[16]"摩西手杖"是一个典故，它出自《圣经·出埃及》。《圣经·出埃及记》讲到了摩西手杖变蛇再变回手杖的奇迹。其中第 4 章记载："耶和华对摩西说："你手里是什么？"他说："是杖。"耶和华说："丢在地上。"他一丢下去，就变作蛇，摩西便跑开。耶和华对摩西说："伸出手来拿住它的尾巴，它必在你手中仍变为杖。摩西想逃却神给他的使命，他用了许多推托的理由，为了巩固摩西的信心，神吩咐摩西把他手中的杖丢在地上。

---

12 ［美］乔丽·格雷厄姆，《众多未来》，金雯译，上海人民出版社，2020 年，106 页。
13 《众多未来》，109 页。
14 《众多未来》，110-111 页。
15 《打破风格》，108 页。
16 《众多未来》，109 页。

摩西一丢下去，就变作蛇。神吩咐摩西抓住蛇的尾巴，它又变回蛇。"[17]摩西手杖是法力、魔力与权利的象征。乔丽·格雷厄姆在诗歌中化用《圣经》摩西手杖的典故，把它与古典神话类比，说明达芙妮变为月桂树是阿波罗的权力所致。

美国学者 K·马尔科姆·理查兹在《德里达眼中的艺术》一书中指出："在绘画的起源处，正如它在西方代代相传下来的说法，一个关于失落（loss）的形象就描绘出了艺术创作最初的场景。在科林斯少女（Corinthian maid）的传说中，一个女性试图留住即将出征的恋人的影像。她顺着烛光追寻恋人在墙上的投下的轮廓，画下了不久就将离去的爱人的影像。这幅图像使用来代表那个不在场的人。这幅肖像，指向某个曾经存在的自我，采取了废墟的形式。这个身份的废墟结构向它自己里面坍塌了。失落于过去的乱石堆中，自画像在把'在场'这一要素作为对象来表达的同时，又暗示了那个艺术家描绘的对象的缺席。自画像同时合并了缺席和在场的元素，它变成了代表废墟的符号——而德里达则将它与我们肉身的必死性以及自我结构的无常性捆绑在了一起。"[18]自画像是废墟的符号，隐喻了废墟。乔丽·格雷厄姆的自画像系列诗在潜意识里将已经消失的神话人物借助诗歌来投影，或者说这些神话人物就是另一个自我。

加拿大诗人小说家玛格丽特·阿特伍德诗歌《达芙妮与劳拉等等》也是这个古典神话的改写，诗中写到：

> 他是那个在我变化之前
> 我看见的人，
> 在树皮／毛皮／雪封住
> 我的嘴巴之前，在我的眼睛长出眼睛之前。
>
> 我不该表现出害怕，
> 或不该那样露腿。
> 他怀疑的观看——
> 我不是有意要看！
> 只是，她的脖子比我

---

17 《圣经》，中国基督教协会印发，1996 年，104 页。

18 ［美］K·马尔科姆·理查兹，《德里达眼中的艺术》，陈思译，重庆大学出版社，2017 年，128-129 页。

想象的要脆弱得多。

神不会倾听理由，
他们需要他们的必需品——
那脊骨底部晒黑的
纹线，那些漱口水般的牙齿，
那珍珠般点缀上唇的

汗滴——
或者那是在法庭上所说的话

为什么交谈，当你可以耳语？
沙沙地，如同干叶子。

在床下。

这里很丑陋，可是很安全。
我有八根手指
和一只壳儿，住在角落里。
我整夜不睡。
我致力于
我自己的这些观念：
毒液，一张网，一顶帽子，

他在奔跑，
他正请求着，
想要这要那。[19]

　　玛格丽特·阿特伍德诗歌《达芙妮与劳拉等等》的叙事视角发生改变，《变形记》的第三人称叙事，她的诗歌改成了第一人称叙事，即以达芙妮的视角展开叙事。这种叙事范式的改变，主要是强调一种在场感，它与题材挪用相关。詹姆斯·O·扬指出："题材挪用有时也称为'声音挪用'（voice appropriation），它尤指一个外来者以第一人称描述当地人生活的行为。"[20]玛格丽特·阿特伍德的诗是对古典神话的改写，是以一个现代人的身份，描述

19　［加］玛格丽特·阿特伍德，《吃火》，周瓒译，河南大学出版社，2015年，468-470页。

20　［英］詹姆斯·O·扬，《文化挪用与艺术》，杨冰莹译，湖北美术出版社，2019年，6页。

神话人物的生活行为。诗歌的语境由神话远古转移到现代生活，语言戏谑，充满了调侃意味。如，诗中达芙妮的反思："我不该表现出害怕，／或不该那样露腿。"，"我不是有意要看！／只是，她的脖子比我／想象的要脆弱得多。"这样的诗句应该是现代人的观念。达芙妮不仅反思，而且还自我贬损，她说，"这里很丑陋，可是很安全。／我有八根手指／和一只壳儿，住在角落里。"达芙妮自比乌龟、螃蟹或者八爪鱼之类的爬行动物，解构了神话神圣性。

美国诗人露易丝·格丽克的诗《神话片段》写到了阿波罗与达芙妮的神话：

> 当那位固执的神祇
> 带着她的礼物向我追来
> 我的恐惧使他心碎
> 所以他跑的更快
> 穿过湿草地，一如既往，
> 赞美我。我看到赞美声中的
> 囚禁；冒着他的琴声，
> 我祈求大海里的父亲
> 救救我。当
> 那位神祇到达时，我已消失，
> 同情阿波罗吧：在水边，
> 我逃脱了他，我呼唤了
> 我那不可见的父亲——由于
> 我在那位神祇的双臂中变得僵硬，
> 关于她那萦绕不去的爱
> 我的父亲不曾
> 从水中流露任何表示。[21]

与玛格丽特·阿特伍德诗歌《达芙妮与劳拉等等》一样，露易丝·格丽克对阿波罗与达芙妮神话的改写首先是叙事人称的改变。诗歌中的声音是达芙妮的声音，由她来讲述自己的遭遇经历。但是，神话的基本情节未发生根

21　［美］露易丝·格丽克，《直到世界反映了灵魂最深层的需要：露易丝·格丽克诗集》，柳向阳译，上海人民出版社，2016年，315-316页。

本性的变化，依然是重述这个古典神话。其次，诗歌中达芙妮对自己的父亲见死不救无动于衷的举动，表达了不满和埋怨。显然这是女性主义思想的表达，父亲代表着男权，放纵权力对女儿侵害，成了父权或男权的原罪。

作为艺术题材的阿波罗与达芙妮神话在被无数艺术家挪用时，大部分都着重表现其爱情主题。美国学者吉尔伯特·海厄特在《古典传统：希腊罗马对西方文学的影响》一书中指出："最早的实验性歌剧是 1594 年在佛罗伦萨上演的《达芙妮》（Daphne）。作品由奥塔维斯·里努契尼（Ottavio Rinuccini）撰写，佩里（Peri）和卡契尼（Caccini）配乐。该剧改编自奥维德的故事：杀死怪龙皮同（Python）的阿波罗被丘比特的嫉妒之箭射中，爱上了坚贞不屈的达芙妮，后者最终变成了一株月桂树（我不清楚《达芙妮》的作者们是否知道古希腊最有名的乐曲之一是一段描绘阿波罗和皮同搏斗的标题音乐）。"[22]奥塔维斯·里努契尼的歌剧《达芙妮》大概是自奥维德之后，重述改写这个古典神话的艺术文本。

追溯阿波罗与达芙妮的神名词源，最初男神阿波罗与女神达芙妮并无关联，由于奥维德《变形记》等神话学者的叙写编撰，才使得两位神祇勾连在一起。但是，他们之间还存在着一种微妙的联系，据学者研究，"达芙涅为一古老的植物，失去其独立性，成为阿波罗的表征。在德尔斐，竞赛中获胜者，奖以桂冠（《希腊道里志》Ⅷ48.2）德尔斐有所谓的'达芙涅福里亚节'届时，人们则手持月桂枝。"[23]阿波罗与月桂树有关是大概因为他的风流韵事经古典神话学者的附会才得以产生。"通观阿波罗这一形象，古希腊神话的历史演变清晰可见。古老之阿波罗神被赋予种种植物的特质，与农事神和畜牧神相近。他被称为'达弗尼斯'，'爱月桂树的达芙涅者'"[24]此外，达芙妮即月桂树，仅是一种解释。达芙妮还有"露水"之意。而"阿波罗的别称'福玻斯'意即'洁净''光明''预言'。"[25]一般称为太阳。太阳与露水相遇都不可能，相爱纯属牵强附会。但是，西方艺术家并不从科学角度书写这个神话，而是选择爱情主题加以再现。无论是达芙妮变成月桂树的瞬间，还是对这个神话的"现代化"改写，传统的文学遗产，得以在现代艺

22　［美］吉尔伯特·海厄特，《古典传统：希腊罗马对西方文学的影响》，王晨译，
　　北京联合出版公司 2019 年，117 页。

23　魏庆征编《古代希腊罗马神话》，北岳文艺出版社，1999 年，749 页。

24　《古代希腊罗马神话》，655 页。

25　《古代希腊罗马神话》，654 页。

术中延续。

　　无论是作为造型艺术的绘画与雕塑，还是作为语言艺术的诗歌，西方艺术史从未间断过对阿波罗与达芙妮这个古典神话的书写。各种艺术文本之间交织叠加，或传承续写，如，贝尼尼的雕塑源自奥维德的《变形记》，而努拉·尼·古诺尔的诗歌则是对贝尼尼雕塑的文字再现。或颠覆改写，玛格丽特·阿特伍德与露易丝·格丽克诗歌以现代女性视角审视古典神话，改写了神话并"为我所用"。不同艺术文本之间的转换再现，既是跨艺术的文化景观，又是艺术之间互文性的结晶体。

第八章　珀尔塞福涅从神话到艺术

　　珀尔塞福涅（Περσεφόνη，Persephone）是西方艺术史上被刻画书写较多的希腊女神。她是谷物女神德墨忒耳的女儿，被冥王哈得斯劫持到地狱，后经神王宙斯协调每年三分之二的时间与母亲生活在大地，三分之一的时间生活在地狱。这个神话记载在赫西俄德的《神谱》、阿波罗多洛斯的《神话文库》以及奥维德的《变形记》等希腊罗马典籍。赫西俄德的《神谱》中说："宙斯也和丰产的德墨特尔同床共枕，生下白臂女神珀耳塞福涅；哈得斯把她从其母身旁带走，英明的宙斯将她许配了他。"[1]神话中人伦关系混乱，宙斯与德墨特尔既是兄妹，又是夫妻，宙斯与冥王又是兄弟，珀尔塞福涅是宙斯与德墨特尔之女，叔叔抢劫侄女，并结为夫妻。珀耳塞福涅的神话符合被劫——回归或者分离——团聚的叙事模式。有关珀尔塞福涅神话重要的细节是，她在采摘水仙花时被劫，冥王哈得斯驾车劫持珀耳塞福涅，母女分离以及母女团聚时吃了冥王所给的石榴。

　　古罗马诗人克劳第乌斯·克劳狄安努斯（Claudius Claudianus 约 370-404 / 405）的长诗《普罗色宾被劫记》较为详细完整记录了珀耳塞福涅的神话。诗名中普罗色宾女神是罗马名，希腊名为珀尔塞福涅。从汉语节译这首诗中大致可以了解珀尔塞福涅被劫持的情景："她，丰收女神的掌上明珠，比她的女伴 / 更热心于采花： / "[2]长诗开始交代了珀尔塞福涅被劫持的地点

1　［古希腊］赫西俄德，《工作与时日　神谱》，张竹明，蒋平译，商务印书馆，1996年，52页。

2　《古罗马诗选》，飞白译，花城出版社，2001年，228页。

及当时她正在采花的情形。"正当处女们像这样四处闲逛嬉戏，／忽然听得隆隆巨响，使得塔楼相撞，／城镇的根基被动摇，——崩塌倾倒，／而原因不明，只有帕普斯女神懂得／这可疑的喧声，心中是有惊恐又高兴：／这时那亡灵之王觅路冲出昏暗曲折的／地下迷宫……"[3]接着是冥王哈得斯的出场，烘托一种恐怖的氛围，为珀尔塞福涅被劫做铺垫。"仙女们四散奔逃，普罗色宾被劫上车，／向女神们呼救。"[4]这两句诗写珀尔塞福涅及同伴被劫时的呼救。除了叙写珀尔塞福涅被劫外，诗中还写到了她被劫后的悲愤及其控诉："啊被别的强暴者抢去的姑娘多么／有福气！她们至少享有公共的太阳。／而我却要与失去贞洁一同失去天空！／被剥夺了光明，作一名女俘告别世界，／被带进地府去，成为黄泉暴君的奴婢。"[5]珀尔塞福涅被劫持是一个大事件，这个大事件不仅是神界混乱的叙写，而且引发了此后文学艺术家的持续关注，成为艺术家反复书写的主题之一。17世纪意大利雕塑家贝尼尼的雕塑《普拉东抢劫珀耳塞福涅》刻画的正是冥王在抢劫珀尔塞福涅时，她激烈挣扎的场面。这尊雕塑展现了两种力量的对抗与冲突：强者与弱者，抢夺者与被掠夺者，男人与女人。在表现富有戏剧性的瞬间时，也表现了权力与性别之间的较量。整尊大理石雕塑立体感强，刻画生动。其中贝尼尼对人物动作和姿态的处理也别具匠心。普拉东双手紧抱着珀耳塞福涅，左手拦腰缠抱，右手抱酮紧抓。珀耳塞福涅则以手推冥王的头，身体扭曲，绝望挣扎，充满了动感十足。最引人瞩目的细节是，冥王因用力过度，他的手指深陷于珀耳塞福涅大腿的肌肤，珀耳塞福涅回望挣扎，脸上挂着泪珠，手在空中挥舞，惊恐无助，痛苦万分。贝尼尼雕塑秉承古典主义风格，主题突出，刻画细腻。

3　《古罗马诗选》，229页。

4　《古罗马诗选》，230页。

5　《古罗马诗选》，235页。

图片来自网络。贝尼尼《冥王抢夺珀耳塞福涅》。

　　关于珀耳塞福涅的神话，西方造型艺术的主题主要有三种类型：一是表现被劫持或绑架的珀耳塞福涅（希腊出土的壁画，鲁本斯、伦勃朗的油画与贝尼尼的雕塑）；二是再现手持石榴的珀耳塞福涅（如画家罗塞蒂）；三是描述迎接珀耳塞福涅回归（如画家弗雷德里克·莱顿）。被劫与回归都是场景，只有"石榴"成为隐喻神话的异响和细节。然而，绝大多数艺术家不约而同地选择了珀耳塞福涅被劫持主题，他们之所以选择这样的主题，一方面是传统题材的延续，另一方面被劫情节，冲突激烈，具有戏剧化的艺术效果。

鲁本斯，《冥王劫夺珀耳塞福涅》。

珀尔塞福涅的神话一般有两种解释：一是反映了古代抢婚的风俗，二是反映了季节的变换。女神被劫是希腊神话中较为普遍的主题，不仅有单个女神，如欧罗巴被劫、劫夺伽倪墨得斯、海伦被劫等，而且还有众多女性的抢夺，如抢夺萨宾娜妇女等。鲁本斯的油画就以珀尔塞福涅被劫为主题，画中冥王哈得斯上半身赤裸，头发乌黑，满脸胡须，双手紧抱着珀尔塞福涅，他身体右侧由三名女同伴，其中追赶在最前面的一位抓住冥王的右肩，身体已经倾斜，用力拉哈德斯的手臂，其余同伴也在帮忙撕扯。珀尔塞福涅被红布包裹，身体丰满，向后倾倒，左手捂脸，右手伸展，绝望无助。马车傍一小天使抓着珀尔塞福涅的右手，空中还有一小天使飞翔观望。天空乌云密布，拉车的马已经成为黑色的阴影。

伦勃朗，《劫走珀耳塞福涅》。

　　伦勃朗的油画《劫走珀耳塞福涅》也是表现珀耳塞福涅被劫持的戏剧性场面。画中的珀耳塞福涅虽然被冥王哈得斯抱在马车上，但她的右手拼命推开冥王哈得斯的脸，左手推他的颈部，后面的同伴拽住珀耳塞福涅的长裙，她们扑在马车上，试图阻拦马车。整幅画光线明暗对比十分明显，右半部分空间漆黑一片，左半部分强光照在珀耳塞福涅和她的同伴的脸上，尤其是珀耳塞福涅的脸成了高光。伦勃朗曾在 1631 年至 1635 年间创作了三幅表现劫夺女神的画作，它们分别是 1631 年创作的《劫走珀耳塞福涅》、1632 年的《诱拐欧罗巴》和 1635 年的《劫夺伽倪墨得斯》。

　　除了造型艺术表现珀耳塞福涅的神话主题外，尤其是当代书写珀耳塞福涅神话的诗歌为数较多，如：美国女诗人露易丝·格丽克曾写下了多首关于珀尔塞福涅的《漂泊者珀尔塞福涅》《纯洁的神话》《忠贞的神话》。爱尔兰当代诗人诺拉·尼高纳尔的诗歌《泊尔塞福涅》，美国诗人奥丽黛·沃德曼的诗《珀尔塞福涅》，加拿大诗人小说家玛格丽特·阿特伍德《来自泊尔塞福涅的信》等。这些书写珀尔塞福涅神话主题的几乎都是当代西方的女性诗人。他们对古老的神话倾心关注，并以现代人或女性主义视角加以改写思考。以下逐一对这些诗作进行分析。

美国女诗人露易丝·格丽克的诗《漂泊者珀尔塞福涅》这样写道：

在第一个版本里，珀尔塞福涅

被从母亲身边抢走

于是这位大地的女神

就惩罚大地——这种情形

与我们知道的人类行为相一致，

人类获得深度的满足

在进行伤害时，尤其是

无意识的伤害：

我们可以称之为

消极创造。

珀尔塞福涅在冥界

最初的逗留，至今还在

被学者们刨问——他们争论

这位处女的感受：

她被强奸时是否配合，

或者，她是否被麻醉、逼迫，违逆了她的意志，

就像如今频频发生在现代女孩身上的那样。

众所周知，被爱的人返回

并不能挽回

她的损失：珀尔塞福涅

返回家里

带着红色果汁的污点，像

霍桑作品中的一个角色——

我无法确定我是否会
保留这个词：大地
是珀尔塞福涅的"家"吗？她是安居在家吗，可以想象的，
在神的床上吗？她是
无处为家吗？她
生来就是一个漂泊者吗，或者说
是她自己母亲的
一个存在的复制品，而不是
被因果律的概念致残？

你有权
一个也不喜欢，你晓得。这些角色
并不是人。
他们是一种困局或冲突的方方面面。

正如灵魂被一分为三，
自我，超我，本我。同理
世界有三个层次，
一种示意图将天堂
与大地与地狱分开。

你一定会问你自己：
哪儿正在下雪？

亵渎的白色
不再圣洁的白色——

大地上正在下雪；寒风说
珀尔塞福涅正在地狱里过性生活。
不像我们其他人，她并不知道
冬天什么样，她只知道
冬天是因她而产生。
她正躺在冥王哈得斯的床上。
她的心里想些什么？
她害怕吗？有什么东西

抹去了心智

这个概念吗？

她确实知道大地

由母亲们掌控，这些

确定无疑。她还知道

她已经不再属于

人们所说的女孩。至于

软禁，她相信

她早已是一个囚犯，自从她生为女儿。

为她预备的可怕的团聚

将耗去她余下的生命。

当补偿的热情

漫长而且强烈，你就不再选择

自己活着的方式。你并没有活着；

也不允许你死去。

你漂泊在大地与死亡之间

而两者看起来，最终，

令人惊异地相同。学者们告诉我们

当围绕你而争夺的各种力

足以将你杀死

知道你想要什么并没有意义。

健忘的白色，

安全的白色——

他们说

人类的灵魂中有一道裂缝

并不是为了完全属于生命

而构造。大地

要求我们否认这道裂缝，一种威胁

被伪装成蛛丝马迹——

就如我们已看到的

在珀尔塞福涅的故事里；

而这个故事应该被读作

母亲与情人之间的一场争执——

女儿只是内容。

当死神突然出现时，她还从没有看到过

不长雏菊的草地。

突然间她就再也不能

以她的少女之歌

来颂扬她母亲的

美丽与丰饶。

裂缝的所在，就是中断。

大地之歌，

神话想像的永生之歌。

我的灵魂

与那渴望归属大地的旋律

一起破碎——

你该怎么做，

如果是你在野地里与那个神相遇？⁶

这首诗涉及哲学，是关于生存与死亡的拷问与思考，充满了理性思辨。诗中说道，学者们关于被劫持与主动自愿之间的争论："她被强奸时是否配合，／或者，她是否被麻醉、逼迫，违逆了她的意志，／就像如今频频发生在现代女孩身上的那样。"这完全是现代人的观念，犹如市井的闲言碎语或法庭辩论。诗人在诗中反问："我无法确定我是否会／保留这个词：大地／是珀尔塞福涅的"家"吗？她是安居在家吗，可以想象的，／在神的床上吗？她是／无处为家吗？她／生来就是一个漂泊者吗，或者说／是她自己母亲的／一个存在的复制品，而不是／被因果律的概念致残？"母亲是大地，是家，是床，而女儿是母亲的复制品。"正如灵魂被一分为三，／自我，我，本我。同理／世界有三个层次，／一种示意图将天堂／与大地与地狱分开。"诗人

6　［美］露易丝·格丽克（Louise Glück，1943-)《直到世界反映了灵魂最深层的需要：露易丝·格丽克诗集》，柳向阳译，上海人民出版社，2016年，40-46页。

运用弗洛伊德的本我、自我和超我的人格结构理论，解释灵魂被一分为三，母亲也是被一分为三。诗中"带着红色果汁的污点，像霍桑作品中的一个角色"所言红色的污点，既是神话中石榴的汁液，又隐喻少女被奸污，同时还用霍桑的小说《红字》作为"通奸者"的隐喻。诗句："她早已是一个因犯，自从她生为女儿。"诗人对这个神话的解读是："而这个故事应该被读作 / 母亲与情人之间的一场争执—— / 女儿只是内容。"这种解读既有弗洛伊德主义的影子，又是审美日常化的表达。

露易丝·格丽克第二首关于珀耳塞福涅的诗，名为《纯洁的神话》：

> 那个夏天，她像平常一样走到野外
> 在那个池塘边停下一会儿，她经常在那儿
> 照照自己，看一看
> 她能否侦察到什么变化。这次她看到的
> 仍是同一个人。令人讨厌的
> 少女身份的斗蓬仍然贴着她。
>
> 在水里，太阳似乎很近。
> 那是我的叔叔又在监视我，她想——
> 自然界的每样事物都是她的亲戚。
> 我从来不孤单，她想着，
> 将这种想法变成了祈祷。
> 那时死神出现了，就像是对祈祷的回答。
>
> 再没有人能理解
> 他是多么英俊。但珀尔塞福涅记得。
> 还记得他抱起她，就在那儿，
> 而她的叔叔注视着。她记得
> 阳光在他裸露的胳臂上闪烁。
>
> 这是她能清晰记得的最后一刻。
> 然后黑暗之神把她带去。
>
> 她还记得，不太清晰地，
> 那可怕的洞察：从这一时刻起
> 她再不能没有他而活着。

从池塘消失的那个女孩

再不会回来。将要回来的是一个妇人，

寻找她曾是的那个女孩。

她站在池塘边说着，时不时地，

我被劫持了，但在她听起来

又是错的，一点儿不像她曾经的感觉。

然后她说：我不是被劫持的。

接着她说：我奉献了自己，我渴望

逃离我的身体。有时甚至说

我曾渴望这样。但无知

不会渴望知识。无知

渴望想像的事物，相信它们存在。

所有不同的名词——

她循环着说它们。

死神，丈夫，神，陌生人。

一切听起来如此简单，如此传统。

她想：我必定曾是一个单纯的女孩。

她无法记起作为那个人的自己，

但她一直在想那个池塘将会记得

并且解释她的祈祷的意思，

这样她就能知道

是否得到了答案。[7]

The Myth of Innocence

Louise Glück - 1943-

One summer she goes into the field as usual

stopping for a bit at the pool where she often

looks at herself, to see

if she detects any changes. She sees

the same person, the horrible mantle

7　《直到世界反映了灵魂最深层的需要：露易丝·格丽克诗集》，91-93 页。

of daughterliness still clinging to her.

The sun seems, in the water, very close.
That's my uncle spying again, she thinks—
everything in nature is in some way her relative.
I am never alone, she thinks,
turning the thought into a prayer.
Then death appears, like the answer to a prayer.

No one understands anymore
how beautiful he was. But Persephone remembers.
Also that he embraced her, right there,
with her uncle watching. She remembers
sunlight flashing on his bare arms.

This is the last moment she remembers clearly.
Then the dark god bore her away.

She also remembers, less clearly,
the chilling insight that from this moment
she couldn't live without him again.

The girl who disappears from the pool
will never return. A woman will return,
looking for the girl she was.

She stands by the pool saying, from time to time,
I was abducted, but it sounds
wrong to her, nothing like what she felt.
Then she says, I was not abducted.
Then she says, I offered myself, I wanted
to escape my body. Even, sometimes,
I willed this. But ignorance

cannot will knowledge. Ignorance
wills something imagined, which it believes exists.

All the different nouns—

she says them in rotation.

Death, husband, god, stranger.

Everything sounds so simple, so conventional.

I must have been, she thinks, a simple girl.

She can't remember herself as that person

but she keeps thinking the pool will remember

and explain to her the meaning of her prayer

so she can understand

whether it was answered or not.[8]

这首诗重构了珀尔塞福涅的神话，叙述者为被劫持事件的当事人珀尔塞福涅。她自己讲述自己的经历，究竟是被劫持还是甘愿奉献？似乎都成了一种说不清楚的谜。正如劫持她的那个人，是死神，还是丈夫？是神，还是陌生人？珀尔塞福涅也说不清楚。被劫持被强暴是一种痛苦的回忆和失忆，也造成了她由一个少女变成了一个妇女的既定事实。诗与其说是记忆，不如说是控诉。瑞士学者卡斯特指出："这则神话（指珀耳塞福涅神话——笔者注）中的强迫婚姻也暗示着父权取代女性生产的神秘力量。"[9]

露易丝·格丽克第三首关于珀耳塞福涅的诗，名为《忠贞的神话》：

当哈得斯认定自己爱上了这个姑娘

就为她建造了一件大地的复制品，

每种事物都一样，直到草地，

除了增加一张床。

每种事物都一样，包括阳光，

因为要让一个年轻姑娘如此迅速地

从光亮进入完全的黑暗，未免太为难。

逐渐地，他想，他会引入黑夜，

最先是树叶晃动的阴影，然后是月亮，然后是星星。

然后没有月亮，也没有星星。

8　https://poets.org/poem/myth-innocence。

9　［瑞士］维雷娜·卡斯特，《童话的心理分析》，林敏雅译，生活·读书·新知三联书店，2010年，22页。

让珀尔塞福涅慢慢地习惯这里吧。

他想，最终，她会感到舒适。

大地的一个复制品

不同的是这里有爱。

难道不是每个人都想要爱吗？

他等了许多年，

建造一个世界，观察

草地上的珀尔塞福涅。

珀尔塞福涅，她嗅着，尝着。

他想，如果你有一个好胃口，

你就能享用所有这一切。

难道不是每个人都想在夜里抚摸着

心爱的人的身体，罗盘，北极星，

听那轻盈的呼吸述说着

我活着，那也意味着

你活着，因为你听见我说话，

你在这儿和我在一起。当一个人翻身，

另一个也翻身——

这是他所感觉到的，这个黑暗世界的统治者，

望着他为珀尔塞福涅建造的

这个世界。他从来也想不到

在这儿再不嗅什么香味，

当然也再不吃什么。

罪？恐怖？对爱的恐惧？

这些事情他无法想象；

爱着的人从来不想这些。

他梦想着，琢磨着怎么称呼这个地方。

他先是想到：新地狱。然后：花园。

最终，他决定把它命名为

珀尔塞福涅的少女时代。

此刻，一缕柔光正在平坦的草地上方升起，

在床的后面。他将她拥入怀中。

他想说：我爱你，没有什么能伤害你。

但他又想

这是谎言，所以最终他说道：

你已死，没有什么能伤害你。

这对他似乎是

一个更有希望的开端，更加真实。[10]

A Myth of Devotion

Louise Glück - 1943-

When Hades decided he loved this girl

he built for her a duplicate of earth,

everything the same, down to the meadow,

but with a bed added.

Everything the same, including sunlight,

because it would be hard on a young girl

to go so quickly from bright light to utter darkness

Gradually, he thought, he'd introduce the night,

first as the shadows of fluttering leaves.

Then moon, then stars. Then no moon, no stars.

Let Persephone get used to it slowly.

In the end, he thought, she'd find it comforting.

A replica of earth

except there was love here.

Doesn't everyone want love?

He waited many years,

building a world, watching

10　《直到世界反映了灵魂最深层的需要：露易丝·格丽克诗集》，104-106 页。

Persephone in the meadow.

Persephone, a smeller, a taster.

If you have one appetite, he thought,

you have them all.

Doesn't everyone want to feel in the night

the beloved body, compass, polestar,

to hear the quiet breathing that says

I am alive, that means also

you are alive, because you hear me,

you are here with me. And when one turns,

the other turns—

That's what he felt, the lord of darkness,

looking at the world he had

constructed for Persephone. It never crossed his mind

that there'd be no more smelling here,

certainly no more eating.

Guilt? Terror? The fear of love?

These things he couldn't imagine;

no lover ever imagines them.

He dreams, he wonders what to call this place.

First he thinks: The New Hell. Then: The Garden.

In the end, he decides to name it

Persephone's Girlhood.

A soft light rising above the level meadow,

behind the bed. He takes her in his arms.

He wants to say I love you, nothing can hurt you

but he thinks

this is a lie, so he says in the end

you're dead, nothing can hurt you

which seems to him

a more promising beginning, more true.[11]

这首诗是关于珀尔塞福涅神话的另一种讲述，讲述者为冥王哈得斯——
一个男性视角关于爱的表达。无论冥王哈得斯将地狱改换成"新地狱"、"花
园"，还是"珀尔塞福涅的少女时代"，都改变不了死神与地狱本质。因此，
诗人假托冥王的叙述其实是要揭穿美丽的谎言。

露易丝·格丽克第四首关于珀耳塞福涅的诗，名为《漂泊者珀尔塞福涅》：

在第二版里，珀尔塞福涅

已经死去。她死了，她母亲满心悲伤——

性的问题

无须在此困扰我们。

禁不住地，在悲伤中，德墨忒尔

找遍了大地。我们并不期望知道

珀尔塞福涅正在做什么。

她已经死去，死者是神秘的。

现在只剩下了

一个母亲和一个有名无实的人：这么说

对于那个母亲的经验

是精确的，当

她注视着这个婴儿的面孔。她想：

我还记得你不存在的时候。婴儿

困惑了；后来，婴儿的观点是

她一直就存在，正如

她的母亲一直就存在

按当前这个样子。她的母亲

像公汽站的一个身影，

一个等待公汽的守望者。而此前，

她就是那辆公汽，一个临时的

11　https://poets.org/poem/myth-devotion。

家或设施。珀尔塞福涅，被保护着，
盯着战车的窗户外面。

她看到了什么？早春四月
一个清晨。此刻
她的整个生命正在开始——但不幸地，
这将是
短暂的一生。她将认识的，其实，
只有两个成年人：死神和她的母亲。
但两个人
就是她母亲拥有的两倍：
她母亲只有

一个孩子，女儿。
作为一个神，她本来可以有
一千个孩子。

我们从这里开始看到
大地隐秘的暴行
这种敌意暗示
她不愿意
继续作为生命的源泉。

而为什么这个假设
从没有讨论过？因为
它不在故事之中；它仅仅
创造了故事。

在悲伤中，在女儿死后，
那位母亲在大地上漫游。
她在准备她的事情；
像一个政治家
她回忆起每一件事，但
一件也不承认。

比如，女儿的

出生是无法忍受的，她的美

是无法忍受的：她回忆起这些。

她回忆起珀尔塞福涅

她的天真，她的娇弱——

当她寻找女儿之时，她在计划什么？

她正发出

一个警告，含意是：

你正在我的身体之外做什么？

你问你自己：

为什么母亲的身体是安全的？

答案是

这是个错误的问题，因为

女儿的身体

并不存在，除非

作为母亲身体的一部分

无论多大的代价

都要携带的一部分。

当一个神悲伤，这意味着

摧残其他人（像在战争中）

而同时又请求

将协议反过来（也像在战争中）：

如果宙斯把她带回来，

冬天就会结束。

冬天就会结束，春天就会回来。

和煦的微风

让我如此喜欢，白痴的黄色花朵——

春天就会回来，一个梦想

基于一个谬误：

死者归来。

珀尔塞福涅

习惯了死亡世界。如今一次又一次

她的母亲把她拖走——

你必定问你自己：

这些花朵是真的吗？如果

珀尔塞福涅"归来"，那就会有

其中一个原因：

要么她没有死，要么

她被用来支持一个虚构——

我想我能回想起

已死的情形。许多次，在冬天，

我接近宙斯。告诉我，我将向他质问，

我怎么还能活在大地上？

而他会说，

很快你就会再回到这里。

而过渡期间，

你会忘记一切：

那些冰的田野将是

极乐世界的草地。[12]

这首诗借珀耳塞福涅神话，思考探讨了母亲与女儿、母爱与政治、爱情与战争的关系。诗人宣示珀耳塞福涅被劫似乎是一个阴谋，是一种政治或权利交易。

爱尔兰当代女诗人诺拉·尼高纳尔（Nuala Ní Dhomhnaill）的诗歌《泊尔塞福涅》：

妈妈，别担心我

也别发飙

尽管我承认我是大胆了一些

---

12 《直到世界反映了灵魂最深层的需要：露易丝·格丽克诗集》，123-129 页。

没听你的话

去搭了那个黑瘦小伙子

的宝马兜风

他那么英俊，那么温柔

我怎么好把他拒绝。

他带我出国旅行

去从未听说的地方。

他的座驾迅疾又平稳

我还以为它长了翅膀。

他承诺送我丝绸和天鹅绒的衣裳

而且一一兑现

他对我殷勤体贴——只有一样不好

这儿的房子阴暗。

他说我会当上他的治下

所有国土的女王

他会把我捧成明星

比好莱坞的任何人都当红。

他送我钻石，给我买喜欢的珠宝

但是饮食很寒酸。刚刚

他们才给我上了一个石榴。

它鲜红多汁，种籽饱胀

像千滴血珠。[13]

　　这首诗充满了生活的现代感，珀耳塞福涅被书写成了现代社会的新女性，她坐豪车，出国旅游，想当明星，喜欢钻石珠宝和漂亮衣服。诗中只有"石榴"才提示出这是一个古老的神话，而石榴则是隐喻，它既象征处女，又象征诱惑与欺骗。英国19世纪拉斐尔前派画家罗塞蒂的油画《珀耳塞福涅》恰好刻画的是手持石榴的珀耳塞福涅。

13　［爱尔兰］诺拉·尼高纳尔，《蛾子纷落的时刻》，邱方哲译，北方文艺出版社，
　　2016年，145-146页。

但丁·罗塞蒂（Dante Gabriel Rossetti），《珀耳塞福涅》，1874，伦敦泰特美术馆。

　　罗塞蒂的这幅画，描绘的是被抢到地府之中的冥后，手中拿着石榴。石榴的象征意义明显。在古罗马奥维德的《变形记》中明确记载说："她在花园里散步的时候——她哪里懂得——她从倒垂的树枝上摘下了一颗红里透紫的石榴，剥下黄皮，吃了七粒石榴子。"石榴象征着姻缘，但这种姻缘是以永远沉沦为代价的。吃了石榴子，珀耳塞福涅就再也不可能从地府中完全回到人间，就只能与抢婚的冥王成为夫妻。有关珀尔塞福涅神话中的两种植物有特殊意义：水仙花指那喀索斯，含自恋之意，也指圣洁。石榴既指生育丰产，又象征权力。在这个神话中珀尔塞福涅吃四个、七个、十个石榴籽。石榴粒数各种文献说法不一。故，三分之一须留在地狱。石榴籽相当于魔药或迷魂剂。

加拿大诗人小说家玛格丽特·阿特伍德《来自泊尔塞福涅的信》：
　　这是写给左撇子的母亲们的
　　披着她们那流苏的围巾或饰有花朵的便服
　　四十多岁，穿着她们粉红色的没有后跟的拖鞋，
　　她们的手指，被涂成红色，或指节张开
　　从前也曾弹奏钢琴。

　　我知道你们室内的植物
　　总是死掉，知道你们张开的
　　大腿，下面被捆住并被
　　分开，而后来
　　是在医院的一块床单下
　　那被截肢者们的挣扎，那被当成
　　性但却从未被提及的挣扎，
　　你们病弱的母亲们，你们的厌倦，
　　你们的地板被激怒的光泽；
　　我知道你们的父亲们
　　他们想要儿子。

　　这些是你们用
　　你们的身体拼读的儿子们，
　　你们能够被指望
　　而那一个吧自己扔向一列火车
　　为了他至少能感受
　　一回他自己的心跳；而这一个
　　他觉得他温暖地抚摸
　　自己的婴孩，但它粉碎了；
　　而那一个，进入女人被捆绑的
　　身体如同唾沫。
　　我知道你在夜里哭泣
　　他们也如此，他们正在找你。

　　他们在这里清洗，我得到

这一块或那一块。这是一个血的

谜团。

也不是你的错，

但我不能解决它。[14]

这是一首书信体的诗歌，是女儿珀尔塞福涅写给母亲德墨忒尔的信，信中的自白，告诉一个事实：母亲想要的是儿子，并非女儿。珀尔塞福涅的境遇是注定的。

美国诗人奥丽黛·沃德曼的诗《珀尔塞福涅》：

当她第一次到那里时，冥王哭了，

他涕泗纵横，满脸泪水，

在她被指派的地方，

她很适应地入睡。

她将小地域分类，

用碗柜装火，

而把往日失去的欲望，

放在井字格。

她让爵爷屈尊

去收拾地板上的灰：

她管制暴风雪天气，

擦亮冥府的门楣。

在这样干净的空间，

恶魔不愉快。

她说那是不可饶恕的罪，

他必须保持清洁！

如今，在几百万年之后，

（因为时间能导致和解）

他怀着相当与人类的恐惧

蹑手蹑脚在他们住宅周围。

14　［加］玛格丽特·阿特伍德，《吃火》，周瓒译，河南大学出版社，2015年，424-426页。

凭借恐吓，他让半人半神的精灵们

从争吵中跑出来，不时地，

他捉拿他们中每个人的妻子，

带出人间世界。[15]

这首诗以诙谐调皮的口吻，书写珀尔塞福涅成为真正的女主人，而冥王哈得斯像一个可怜受妻子支配的丈夫。神话的世俗化和日常生活的审美化是这首诗明显的特征。

弗雷德里克·莱顿（Frederic Leighton，1830-1896）。

英国画家弗雷德里克·莱顿的油画《珀耳塞福涅的归来》，以珀耳塞福涅的回归为主题，母亲德墨忒尔站在洞口伸开双臂准备拥抱女儿珀耳塞福涅，珀耳塞福涅身着长裙，头颅后仰，向前伸出双臂，赤脚站立，身旁时冥王，他年轻英俊，凝视母女相逢。油画抓住母女相见，即将拥抱的激动人心的瞬间，以洞口为阴阳分界。空间虽然狭窄，但对比效果强烈。

15 ［美］奥黛丽·沃德曼，《明亮的伏击》，远洋译，四川文艺出版社，2017 年，93-94 页。

加拿大当代女诗人安妮·卡森（Anne Carson，1950-）的诗歌《但那个词是什么》也是珀尔塞福涅神话的诗歌改写，其诗如下：

那个词，整夜出现在

我人生的所有墙壁上，绝对不镌刻任何解释。

什么是不可解之物的力量。

有一天他出现在（新的城市）我学校外的干草地上他

撑一把黑伞

站在湿冷挑剔的风里。

我从未询问

他如何跨越三百公里而来。

问询

将打破某些规则。

你是否读过《荷马史诗》中关于德墨忒尔的章节？

想想哈德斯如何骑着他被喧嚣缠裹的

永生的骏马踏入白昼。

将女孩带入冥府冰冷房间

而她的母亲寻遍大地摧毁一切活物。

荷马把他当作

一个母亲的罪行来讲述。

因为女儿的罪即是接受了哈德斯的规则

她知道自己永远无法解释

而她如此轻快地对

德墨忒尔说：

"妈妈，这就是整个故事。

他淘气地

在我掌中放入一颗石榴籽，甘甜如蜜，

然后用蛮力他强迫我吞下它。

我告诉你这个事实虽然它让我伤心"

怎么让她吞下？我认识一个男人

他拥有禁止

展示痛苦的规则，

禁止询问为什么，禁止渴望知道我什么时候能与他再见的

规则。

我母亲身上

散发出一种芳香，畏惧。

而从我身上

（我从桌边她的面色得知）

散发出一种美种子的气息。

房间里的玫瑰是他送你的？

是的。

什么理由？

颜色怎么回事。

颜色。

十朵白玫瑰一朵红玫瑰。

他们没白玫瑰了我猜。

消灭引诱是一位母亲的目标。

她将用一种更真实的东西将它代替：作品。

德墨忒尔对

哈德斯的胜利

并不在于女儿从冥府归返。

而在于一个繁盛的世界——

卷心菜鱼饵羔羊金雀花性牛奶金钱！

这些杀灭死亡。

我依然保留着那朵枯干成粉末的红玫瑰。

他不代表处女膜，如她以为的那样。[16]

　　这首诗出自卡森的诗集《丈夫之美》（The Beauty of the Husband）诗集名
称也有译为《丈夫的美人》或《丈夫的美丽》。2001 年，安妮·卡森的诗集《丈
夫之美》曾获得艾略特诗歌奖，使她成为该奖项自 1993 年开始颁奖以来的第
一位女诗人。评奖委员会主席海伦·邓莫尔对她的获奖作品评论说："安妮·

16　［加拿大］安妮·卡森，《卡森诗选　丈夫之美》，黄茜译，译林出版社，2021 年，
　　49-52 页。

卡森才华横溢地通过辛辣尖酸，性感抒情，直言不讳和感情强烈的措辞在诗中描绘了婚姻的死亡。"安妮·卡森才华横溢，她不仅写诗，著文，还是一位非常著名的翻译家；她的本职工作是从事古典文学研究和教学。断片集《丈夫的美》的副标题是"一个虚构散文的29式探戈"。它遵循的是互文本写作方式，29则取自约翰·济慈、大江健三郎、乔治·巴塔耶和贝克特等人的作品片段被安妮·卡森用流散的诗性结合在一起。该书是准自传作品，记录安妮·卡森的第一段婚姻的失败，也包含她丈夫寄来的信。

美国著名神话学者约瑟夫·坎贝尔指出："珀耳塞福涅在一些伯罗奔尼撒教派（Peloponnesian cults）中由阿尔忒弥斯代替，这个人物的主要特征是处女神。珀耳塞福涅被哈迪斯绑架并带到了冥府，她是土地的产物，从地下回到大地上，就像是在重演谷物、小麦等人类口粮的历史。她同时是这种力量和冥界力量的化身，一方面，她是被绑架的少女，另一方面，她是冥界的女王。"[17]珀耳塞福涅不论是少女还是女王，呈现的是女性的社会化变迁史；而从人间到地狱的转换，无论是隐喻季节的更替，还是谷物的循环，珀耳塞福涅神话都刻意强调了女性曾在人类生存中的不可替代的价值。

除上述有关珀尔塞福涅主题的诗画外，20世纪仍有艺术家改写珀耳塞福涅的神话，如美籍俄裔作曲家伊戈尔·菲德洛维奇·斯特拉文斯基（Igor Fedorovitch Stravinsky, 1882-1971）于1934年根据古典神话创作了音乐剧《珀尔塞福涅》。法国作家安德烈·纪德（André Paul Guillaume Gide，1869-1951）写作的戏剧《珀尔塞福涅》。古典艺术基本遵循神话较为原始的叙写，而当代诗歌以现代视角、女性视角对古老神话加以改写改造，解读出不同与古代神话的意义。而且大部分的改写是解构式的颠覆性的再现，尊重传统，还是颠覆传统？这是神话重述或改写再现面临的问题。西方艺术一直以来把古老神话的作为艺术表现的题材或者主题，使得神话产生持续影响。仅以珀耳塞福涅为主题的神话数量较为可观，造型艺术与语言艺术相互交织，相互影响，形成了珀耳塞福涅神话的题材史。

17　［美］约瑟夫·坎贝尔，《千面女神》，黄悦，杨诗卉，李梦鸽译，北京联合出版公司，2021年，199页。

第九章　喀耳刻从神话到艺术

　　希腊神话中的喀耳刻（Circe），又译为"基尔克""瑟茜"或"瑟丝"，她是神话中一个著名的女巫。关于她的神话记载在荷马史诗《奥德赛》、阿波罗多洛斯编撰的《书藏》以及古罗马诗人奥维德的《变形记》等希腊罗马典籍。喀耳刻的神话不仅在镌刻在希腊瓶画，而且后来的画家在他们绘画中重述再现：如十八世纪后期与十九世纪初期瑞士新古典主义女画家安吉莉卡·考夫曼（Angelica Kauffmann，1741-1807）的画作《喀耳刻诱惑奥德修斯》，十九世纪与二十世纪英国著名画家约翰·柯里尔（john collier，1850-1934）的油画《喀耳刻》；拉斐尔前派著名画家约翰·威廉·沃特豪斯（John William Waterhouse，1849-1917）有两幅再现女神喀耳刻的油画：《喀耳刻把酒杯给尤利西斯》和《喀耳刻下毒》；以动物画见长的英国画家赖特·巴克（Wright Barker，864-1941）的油画《喀耳刻》等；当代欧美诗人，尤其是众多女诗人热衷书写喀耳刻的神话，如加拿大当代诗人小说家玛格丽特·阿特伍德、英国女诗人卡罗尔·安·达菲、美国诗人杰克·吉尔伯特等都把女巫喀耳刻的神话作为书写诗歌的题材。尤其是 2020 年诺贝尔文学奖获得者美国女诗人露易丝·格丽克至少写了四首与喀耳刻相关的诗歌。由此可见，希腊女巫喀耳刻的神话历经千年嬗变，从神话到艺术，从诗歌到小说，不断地被翻新重写，成为西方艺术史反复书写的主题。本文拟以女巫喀耳刻神话为个案，考察分析古老的神话主题如何在不同的艺术之间频繁转换以及女巫喀耳刻的形象如何在不同的艺术文本中的挪用嬗变。

一、喀耳刻的"污名化"：古典神话的女巫标签

喀耳刻的神话与希腊英雄奥德修斯相勾连，在神话中她不仅是把奥德修斯的同伴变为猪的女巫，还和奥德修斯结为临时夫妻并生有一子，名为忒勒戈诺斯，而且还是奥德修斯未知旅途的指引者。英雄奥德修斯遭遇女妖塞壬时就采用了女巫喀耳刻所教的方法来抵抗塞壬歌声的诱惑。这一情节在《奥德赛》第十卷。古希腊神话的编撰者阿波罗多洛斯记述："因为她（指喀耳刻——笔者注）的招呼，除欧律罗科斯外他们都进去了。她给各人一大杯，满盛了干酪与蜂蜜与大麦与蒲桃酒，混合着什么药。他们喝了的时候，她用棍子触他们一下，使他们变了形，有的变做了狼，有的是猪，有的是驴，有的是狮子。"[1]阿波罗多洛斯编撰的希腊神话原名为《书藏》，周作人先生翻译后题名为《希腊神话》。希腊神话中的女巫喀耳刻最恶毒最明显的能力即是把人变成猪。然而，《书藏》中出把人变成猪外，还可以变成诸如狮驴等其他动物。这与史诗《奥德赛》的细节明显不同，史诗中奥德修斯的同伴都变为猪，没有变成其他动物。据古希腊赫西俄德《神谱》记载："许佩里翁之子赫利俄斯的女儿喀耳刻，钟情于意志坚定的奥德修斯，给他生下阿格里俄斯和无可指责的、强大有力的拉丁努斯。［按照金色的阿芙洛狄特的安排，她还生了忒勒戈诺斯。］他们统治着神圣岛屿深处的著名的图伦尼亚人。"[2]赫西俄德《神谱》中没有提及喀耳刻将奥德修斯的同伴变为猪，但关于喀耳刻的身世及感情经历记述与荷马史诗基本一致。

女巫喀耳刻的形象很早就出现在古希腊视觉图像之中。大约公元前5世纪希腊雅典红绘杯状双耳喷口罐上就已经描述了荷马史诗《奥德赛》中喀耳刻与奥德修斯相遇的场景。英国学者伍德福德对这个瓶画有较为详尽的阐释，他说："一位瓶画家选择了这样一个生动的瞬间:奥德修斯拔剑冲向目瞪口呆的喀耳刻，她丢下杯子和魔杖，慌忙逃命。奥德修斯的两位已经变成了动物的手下喜滋滋地从他的身后跑了过来，他们对奥德修斯的举动欣喜不已。这位画家并没有完全按照《奥德赛》中描述的那样来进行创作，而是决定将人物安上不同动物的头尾，一位生有野猪的头尾，而另一位是马的头尾，似乎

1　［古希腊］阿波罗多洛斯编撰，《希腊神话》，周作人译，长江出版社，2018年，302页。

2　［古希腊］赫西俄德，《工作与时日　神谱》，张竹明，蒋平译，商务印书馆，1996年，56页。

变化半途而废了似的。"[3]虽然，这幅瓶画技法粗糙，人物刻画欠佳，但它毕竟是最早将史诗中的喀耳刻神话转换为视觉图像的艺术品之一。

约公元前 440 年，希腊雅典红绘杯状双耳喷口罐，奥德修斯与喀耳刻，纽约大都会艺术博物馆。图片来源：［英］伍德福德，《古代艺术品中的神话形象》，贾磊译，山东画报出版社，2006 年，175 页。

公元前 4 世纪，希腊的另一瓶画也描绘了奥德修斯与喀耳刻的相遇。对于这个瓶画，伍德福德评述道："另一位艺术家则成功得多，他所创作的瓶画所描绘的是一系列神话讽刺模仿剧中的一部，这是某个派别的专长。在左方喀耳刻（有铭文指示）捧着一只装满魔水的巨大的杯子，递给口干舌燥的奥德修斯，奥德修斯迫不及待地伸出双手去接杯子。右方是喀耳刻的织机，在奥德修斯及其伙伴来临之前，她一直在织布。奥德修斯的一个手下坐在织机的另外一侧，它已经变成了一只苦不堪言的野猪。他的头和身体的大部分都是野猪模样但前腰像是紧张耸起的肩膀，后腿更像是人的，而脚完全是人的。这是一个很不舒服的姿势，腿的摆放十分别扭，朝天努起的猪嘴令人生怜，这些特征会让人体会到困在动物体内的人的痛楚。外形的变化不完全暗指精神上没有发生变化，这位艺术家非常成功地表现了故事的内涵：即困于动物体内的人的天性。"[4]这幅瓶画虽然仅为人物剪影侧面形象，但充满了生活气息，画中的织机成了提示生活化的道具。如果不了解荷马史诗，还以为

3　［英］伍德福德，《古代艺术品中的神话形象》，贾磊译，山东画报出版社，2006年，178 页

4　《古代艺术品中的神话形象》，177 页。

这幅瓶画描绘了一对年老夫妻的日常生活。

公元前 4 世纪初，迈斯特斯画家（Mystes Painter）作品，奥德修斯和喀耳刻。伦敦大英博物馆。图片来源：[英] 伍德福德，《古代艺术品种的神话形象》，贾磊译，山东画报出版社，2006 年，176 页。

上述两幅希腊瓶画创作的年代大约为公元前 4、5 世纪，它们都以史诗《奥德赛》为依据，选择了喀耳刻与奥德修斯相遇的戏剧性瞬间。画面形象相对单一，但富有提喻性，喀耳刻、奥德修斯与人身猪首的同伴暗示了史诗的相关情节。虽然瓶画表现的也是人物的侧面剪影，但也动态传神。

Figure 35 Circe turning Odysseus' men into animals. H.A.Shapiro,Myth Into Art　Poet and Painter in Classical Greece .First published 1994.by Routledge.p.55.

　　新西兰学者 H·A·夏皮罗针对上图（Figure 35）瓶画中喀耳刻的裸体形象指出："当然，如果荷马的喀耳刻以裸体形象出现在她面前在门阶上，并邀请男人进来，这是值得评论的。在这一时期的希腊艺术中，女性裸体是非常罕见的，它通常意味着一个事实:她是高级妓女或职业妓女。"[5]这位学者从瓶画中之所以判断喀耳刻是妓女，有一定的事实依据。在希腊女性形象一般是着衣的，裸体是东方的观念。如，维纳斯的雕像与图像几乎没有裸体。英国艺术史学者肯尼斯·克拉克指出："在希腊没有一件女性裸像雕像被确定是公元前 6 世纪的。在前 5 世纪也是非常稀少的。"[6]

图片来自网络。John William Waterhouse Circe Offering the Cup to Ulysses，1891。

5　H.A.Shapiro，Myth Into Art Poet and Painter in Classical Greece.London and New York.1994.p.53.
6　［英］肯尼斯·克拉克:《裸体艺术——理想形式的研究》，吴玫，宁延明译，中国青年出版社，1988 年，第 56 页。

约翰·威廉姆·沃特豪斯（John William Waterhouse，1849-1917）是英国维多利亚时期拉斐尔前派的艺术家之一。他的油画《喀耳刻把酒杯给尤利西斯》基本上是史诗《奥德赛》中喀耳刻与奥德修斯相遇的情景再现。画中女巫喀耳刻身着纱裙，赤脚端坐在雕刻猛兽的椅子上，她右手执酒杯，左手拿着魔法仪式用的剑，长发飘逸，美丽而高傲。在她身后的巨大的圆镜中映射出英雄尤利西斯，即荷马史诗中的奥德修斯。坐着的喀耳刻形象高大，奥德修斯通过镜子映照在她的腋下，显得渺小猥琐。

图片来自网络。John William Waterhouse，《喀耳刻下毒》（Circe Poisoning the Sea），1892。

威廉·沃特豪斯的另一幅油画《喀耳刻下毒》的题材来自奥维德的《变形记》。《变形记》描述了喀耳刻下毒的过程："她求爱遭到拒绝，心里恼怒，于是立即把一些秽草捣成毒汁，一面搅拌一面唱着赫卡忒的咒词。然后她穿上一件蓝灰色的袍子，穿过一群向她谄媚的牲畜，从她的宫殿出来，向赞克勒岩石对面的雷吉乌姆城出发。她走在汹涌的波涛上，就像走在平地上一样，她走在水上，但她的脚是干的。……下完毒以后，她又撒上毒根的汁，她的魔嘴念了三九二十七遍神秘的咒语，她的咒语奇异而晦涩，像谜语一样。"[7]威廉·沃特豪斯油画《喀耳刻下毒》基本上是按照《变形记》的叙述来创作的，它描绘的是喀耳刻的站在大海上向海中投毒的情境。画中女巫喀耳刻赤脚站在海上的岩石或贝壳上，她身材修长，身穿黑色纱裙，点缀白色图案，双手捧着绿色的大碗，正在向脚下海中慢慢倾倒毒液。她面色阴郁，低头注视碗中的毒汁，似乎在缓慢地倾倒中释放仇恨。她的身后是蓝色的大海和褐色的礁石。按照惯例，黑色的纱裙一般是女巫的标配。褐色的礁石则隐喻了斯库拉变为岩石的命运结局。

虽然，威廉·沃特豪斯油画《喀耳刻把酒杯给尤利西斯》和《喀耳刻下毒》以漂亮的模特为喀耳刻的原型，但题材都源自古典传统，喀耳刻作为女巫的形象没有丝毫改变。这不难理解，威廉·沃特豪斯是拉斐尔前派的著名画家，古典主义的信奉者。

古典时期喀耳刻神话源自不同的典籍，它的主题包含了巫术、变形、爱情等，她的形象也显得复杂多变。然而喀耳刻唯一恒定不变的身份和形象是女巫，她和美狄亚（Medea）、卡珊德拉（Kassandra）是希腊神话中的三大女巫，她们懂得使用魔法，能调制魔药、占卜和下毒。朱迪斯·亚娜尔的专著《喀耳刻的变换：女巫的历史》除了探讨喀耳刻来源以及如何由神话到寓言外，还以她的种种称谓作为标题，如女巫 Witch、女神 Goddesses、为情所困的女子（Lovelorn）、妖妇（Temptress）、妓女娼妇（Whore）、蛇蝎美人（Femme Fatale）等。从这些称谓可以看出，千百年来喀耳刻一直被贴上固定刻板的标签，导致她被"污名化"（stigmatization），文学艺术中的形象中喀耳刻也以女巫示人，某种意义上她成为欲望与邪恶的象征。

7　[古罗马]奥维德，《变形记》，贺拉斯，《诗艺》，杨周翰译，上海人民出版社，2016 年，374-375 页。

二、喀耳刻的"去正典化"：女性主义书写

"去正典化"（Decanonization）是依据"正典化"（Canonization）创造的一个反义词。英国艺术史学者格丽塞尔达·波洛克在其所著《分殊正典：女性主义欲望与艺术史的书写》一书中认为："在文学、艺术史或音乐领域，正典标志着那些学术机构所建立的，且是它们认为最好的、最具代表性以及最重要的文本——或具体对象。"[8]正典除了学术机构的规训外，还与西方的古典学传统有关。即是说，正典是传统模铸的。喀耳刻的女巫形象来自荷马史诗的及其之后的西方文学艺术反复书写和强化模铸。格丽塞尔达·波洛克指出："'传统'（Tradition）是正典的'天然'面目，而文化常规正是通过这一形式，参与到了雷蒙德·威廉姆斯（Raymond Williams）所指的社会与政治霸权中。"[9]所谓正典化，其实是指艺术史基本上都是男性艺术家的历史，女性则被排除在历史的书写之外。如果说，正典化是一场文化战争。那么"去正典化"则是一场向男性中心宣战的文化战争。而这场战争的发动者则是女性或者说是具有女性主义思想的文学艺术家。

瑞士新古典主义女画家安吉莉卡·考夫曼（Angelica Kauffmann，1741-1807）的油画《喀耳刻诱惑奥德修斯》不再是史诗中惊心动魄的场面，而是喀耳刻与奥德修斯独处的含情脉脉的瞬间。这是一个两人的世界：喀耳刻身着纱裙，左乳袒露，金发短而卷曲。她的右手放在奥德修斯的右膝上，左手自然垂下，双眼深情凝视着奥德修斯。奥德修斯则半坐于床榻，右手抬起，左手顺床榻扶手平放，衣着松散，双眼也在对望喀耳刻。这是一个四目相对，情意迷乱的片刻，场面温馨而宁静，喀耳刻因动情而羞涩。此时的喀耳刻不再是令人恐惧的女巫，而是一个风情万种的少女。美国学者朱迪斯·亚娜尔在《喀耳刻的变换：女巫的历史》一书中指出："他（指荷马——笔者注）歌唱了一位女神与一位迈锡尼英雄的相遇，这位女神拥有超乎肉体的强大力量，而这位迈锡尼英雄从不畏惧她的力量，他们之间的信任不断演变。他还讲述了逆转的故事，讲述了当勇气战胜恐惧时，消极和可怕的东西如何变成积极和有启发性的东西。"[10]正如安吉莉卡·考夫曼的油画《喀耳刻诱惑奥德修斯》

8　［英］格丽塞尔达·波洛克，《分殊正典：女性主义欲望与艺术史的书写》，胡桥、金影村译，江苏凤凰美术出版社，2019年，3页。

9　《分殊正典：女性主义欲望与艺术史的书写》，13页。

10　Yarnall, Judith.Transformations Of Circe：The History of an enchantress.university of Illinois press.1994.p.194.

所刻画的那样，女神与英雄的相遇还生发出一场短暂的浪漫恋情。从安吉莉卡·考夫曼的油画中已很难分辨喀耳刻的女巫身份，作为女性画家，她的题材选择有意淡化消解了喀耳刻传统的形象，喀耳刻更像是一位平常的女性或者女神。

图片来自网络。安吉莉卡·考夫曼，《喀耳刻诱惑奥德修斯》。

图片来自网络。英国画家赖特·巴克 Wright Barker,《喀耳刻》,1889 年。

英国画家赖特·巴克(Wright Barker,864-1941)是狩猎对象的画家和流派。擅长画动物。赖特·巴克的绘画《喀耳刻》中女巫喀耳刻以女兽主(Lady of the Beasts)的形象呈现。画中的喀耳刻站在一大厅的台阶上,脚下铺有一张兽皮,她长裙齐腰垂地,双乳展露,右手向上弯曲,掌心向上,左手拂住竖琴。她的身后左右都被狮、虎和狼围绕,或站立或俯卧或斜躺。王以欣教授认为:"在《奥德赛》中,基尔克与狮狼为伍,是驾驭猛兽的女神,因而她也具备了'女兽主'(potnia theron)的特征。'女兽主'是主管百兽的女神,大母神的另一种表现形式,在东地中海周边地区颇为流行,其悠久的传统可以追溯到小亚细亚新石器时代。"[11]不论喀耳刻来自何方,她与猛兽为伍的形象深入人心。

约翰·柯里尔(john collier,1850-1934)的油画《喀耳刻》是一幅"美女与野兽"的图画。他的油画与赖特·巴克同名油画《喀耳刻》都是再现喀耳刻作为"女兽主"的形象。不同之处在于,油画背景和衣着不同:一个在

---

11 王以欣,《女巫基尔克:起源与嬗变》载《跨文化研究》(总第四辑)2018 年第 1 辑,中国社会科学文献出版社,2018,第 106 页。

门厅，一个在野外；一个是全裸，一个是半裸。细节的差别还表现在，赖特·巴克的描绘的是战力的喀耳刻的正面，约翰·柯里尔的油画则描绘的是全裸背对坐在草地上的喀耳刻。约翰·柯里尔油画《喀耳刻》的背景是茂密的树木和绿油油的草地。喀耳刻全身赤裸，右手扶在老虎的背上，左手自然下垂，双腿交叉，头颅左倾，闭目养神。她的脚旁是幼小的猫科动物，灌木丛中还有站立的动物以及躺卧的野猪。德国学者 A·维尔默指出："喀耳刻已经告诉奥德赛，塞壬会坐在草地上，换一个说法就是'长满青草的草坪'或'开满鲜花的草坪'。希腊语的'草地'（leimon）一词，通常的言外之意是潮湿，因而在希腊语的口语中，它也是一个指代女性生殖器的词汇。塞壬她们自己也说，她们的声音'像蜜一样的甜'。后来喀耳刻也一再告诉奥德赛，塞壬他们坐在可爱的草地上，周围到处是受害人腐烂的肉体和散乱的尸骨。因此，在关于塞壬的神话中，色情吸引、承诺快乐和死亡相互交织融合。但是这里的'死亡'，不是瓦格纳意义上的（特里斯坦与伊索尔德之间的）'爱之死'，而是一件'丑事'——腐烂的肉体和散乱的尸骨，正像喀耳刻指出的那样。"[12]

图片来自网络。约翰·柯里尔（John Collier, 1850 -1934)《喀耳刻》Circe，1885 年。

12　［德］A·维尔默（Albrecht Wellmer），《塞壬之死与艺术作品的起源》，袁新译，《学术交流》，2016 年，第 8 期，63 页。

南开大学王以欣教授认为："基尔克（即喀耳刻——笔者注）的故事是典型的以巫术为主题的民间故事。古代两河流域、埃及和南亚都流行巫术，其观念与风俗源远流长，交互影响。荷马时代的希腊人，其巫术迷信观念还比较薄弱，但对东方的巫术信仰和民间故事早有耳闻，被荷马吸收到希腊英雄史诗中。荷马描述的女巫其实就是一位东方女神，一位与太阳关联密切的兀鹰女神，一位主管百兽的'女兽主'。她被吸收到希腊的英雄故事中，被加工成西方最早的巫女原型。"[13]女巫喀耳刻原型是否源于东方，仅为推测性结论。

英国画家布里顿·里维尔（Briton Riviere，1840-1920）擅长描画神话故事和动物题材，他的油画《喀耳刻和尤利西斯的伙伴们》同样取材于荷马史诗《奥德赛》。画中长发过腰，身着白裙的女子喀耳刻侧身凝视着猪群，她似乎是一位牧猪女或者"饲养员"，一群猪向她聚拢而来，姿态各异，或嚎叫，或酣睡，或离群索居。毫无疑问，这群猪是奥德修斯同伴的变形。布里顿·里维尔对史诗《奥德赛》题材的取用别具一格，大部分艺术家即使刻画喀耳刻与动物相处的画面，也都以狮狼等猛兽为主，布里顿·里维尔另辟蹊径把家养的牲畜——猪作为主角。

图片来自网络。布里顿·里维尔，《喀耳刻和尤利西斯的伙伴们》。

如果说布里顿·里维尔笔下的喀耳刻是一位"牧猪女"的话，那么英国女诗人卡罗尔·安·达菲（Carol Ann Duffy，1955-）的诗中的喀耳刻则是一

---

13 《女巫基尔克：起源与嬗变》，113 页。

位"食猪女"。卡罗尔·安·达菲是当代重要的英语女诗人，已经出版六本诗集，获得多种奖项。她曾以诗歌的形式重述了希腊女巫喀耳刻的神话。其诗《喀耳刻》如下：

> 海精涅瑞伊得斯和仙女宁芙啊，不同于某些人，我喜欢猪，
> 喜欢有獠牙的野猪，猪鼻子，公猪和猪猡。
> 无论名称为何，所有的猪都曾经归我所有——
> 在我拇指下方，它们背上短而硬、带咸味的皮肤，
> 在我的鼻孔这里，它们粗暴男、猪肉味的古龙水。
> 我熟悉阉猪和小猪，它们喔咿叫和咕噜叫的
> 打击乐声，它们的尖叫声。黄昏时分
> 我与馊水桶并立，在嘎吱作响的猪圈门口，
> 品味汗水与香料交融的空气，月亮
> 像柠檬一样突然跳进天空的嘴里。
> 但我想从国外的料理食谱说起，
> 以脸颊为食材的做法——而且还把舌头放进
> 脸颊。两头猪的脸颊。连同舌头，
> 放在盘子里，在其上均匀撒上盐
> 和丁香。要牢记舌头的技能——
> 舔，舔食，松弛，润滑，躺在
> 脸部柔软的袋子里——而且每一头猪的脸
> 各有特色，俊美和平庸各半，
> 怯懦的脸，勇敢的，滑稽的，高贵的，
> 狡猾或聪慧的，残忍的，仁慈的，但它们全都，
> 宁芙啊，有着猪崽子的眼。用豆蔻调味。
> 应该将完全洗净的猪耳朵漂白，燎毛，丢进
> 锅里，煮沸，保温，削片，端上桌，以百里香
> 为缀饰。请看那以文火炖煨的耳朵，看看那耳朵，
> 它可曾，在任何时候，聆听你，听你祈祷和读诗，
> 听你和谐的声音，清亮高歌？把马铃薯
> 捣成泥，宁芙，开啤酒。现在轮到猪脑，
> 轮到猪蹄，猪肩，猪肋排，轮到切成条状的

　　　　　甜肉干，鼓胀、易受伤的睾囊。

　　　　　当猪心变硬时，将它切成小丁。

　　　　　切成小丁。我也曾跪在这耀眼的海岸，

　　　　　望着高大的船只从燃烧的太阳驶过来，

　　　　　宛如神话一般；我脱掉裙子涉水，

　　　　　水深及胸，在海中，挥手又呼喊；

　　　　　随后猛然跳入，随后仰泳，往上看，

　　　　　当三艘黑船在浅浪里叹息。

　　　　　当然，当时的我较年轻。还盼着男人。现在，

　　　　　让我们再为那只在烤肉铁签上嗞嗞作响的猪涂上奶油。[14]

　　诗歌中第一句提及的海精"涅瑞伊得斯"是希腊神话中的海洋女神。而宁芙（Nymph）则是希腊神话中次要的女神，有时也被称为精灵和仙女，也会被视为妖精的一员，常出没于山林、原野、泉水、大海等地。她是自然幻化的精灵，一般是美丽的少女的形象，擅长歌舞。诗人将女神"涅瑞伊得斯""宁芙"和喀耳刻相提并论，似乎是朋友或同伴。诗人采用第一人称，以女巫喀耳刻口吻讲述了对各种各样猪的喜爱，她不厌其烦介绍以猪为食材各种烹饪方法，简直就是烹饪猪的食谱。不难看出，喀耳刻眼中的猪其实就是男性的另一称谓，这种成为具有讽刺蔑视的成分。视男性为猪，饲养他，烹饪他，并吞食他，猪又是贪婪和欲望的化身，饲养烹饪吞食抵消了欲望，产生新的平衡。

　　20 世纪美国诗人杰克·吉尔伯特（Jack Gilbert，1925-2012）是一位著名的诗人，他著有《大火》、《拒绝天堂》、《独一无二的舞蹈》等五部诗集。曾获耶鲁青年诗人奖、全国书评界奖、洛杉矶时报图书奖等多种诗歌奖项。他也曾以女巫喀耳刻神话为题材创作了诗歌《喀耳刻的打劫》或译《《喀耳刻的劫掠》》，其诗如下：

　　　　　喀耳刻对猪没有兴趣。

　　　　　无论猪，狼，或是谄媚的

　　　　　狮子。她用我们的语言歌唱，

　　　　　而且，美丽，她等待有为之士。

14　［英］卡罗尔·安·达菲，《野兽派太太（达菲诗集)》，陈黎，张芬龄译，外语教
　　学与研究出版社，2017 年，116-118 页。

　　每个月，他们到来，

　　从港湾那儿艰难上岸。

　　巨大的海光在他们身后。

　　每次都可能是一个世界。

　　一季又一季。

　　一宴复一宴。

　　而总是在第一次

　　侧量欲望时，本性毕露。

　　奥德赛？人人皆知的说谎者。

　　一个度假地的活宝。铁石心肠。[15]

　　从杰克·吉尔伯特诗歌《喀耳刻的打劫》中可知，他关于喀耳刻的神话，显然不是来源于荷马史诗，因为诗中说道，"喀耳刻对猪没有兴趣。／无论猪，狼，或是谄媚的。"前文提及，在阿波罗多洛斯编撰的《书藏》中喀耳刻把奥德修斯的同伴变成这几种动物。诗中的喀耳刻似乎是一位测试员，类似于海妖塞壬，用歌声诱惑过往的水手，哪些经不住诱惑的水手变成了猪。猪即是经受不住诱惑的人，它不是现实世界的动物，而象征意义上欲望的幻形。诗人以嘲讽的口吻揭示了所谓的英雄的真实面目——"奥德赛？人人皆知的说谎者"，而喀耳刻则说成了"一个度假地的活宝"，这些戏谑反讽的诗句，解构史诗的庄严和神圣，具有活泼调侃的生活意味。

　　2020 年诺贝尔文学奖获得者美国诗人露易丝·格丽克（Louise Glück，1943-）至少写作过三首与女巫喀耳刻神话有关的诗歌，其中之一名为《喀耳刻的威力》：

　　我从没有把任何人变成猪。

　　有些人就是猪；我让他们

　　有了猪的样子。

　　我厌恶你们的世界

　　它让外表掩饰内心。

　　你的随从并不是坏人；

15　［美］杰克·吉尔伯特，《杰克·吉尔伯特诗全集》，柳向阳译，河南大学出版社，
　　2018 年，326-327 页。

散漫不羁的生活

让他们变成这样。作为猪,

它们在我和女伴们

照料之下

马上就温和了。

于是我倒念咒符,

让你见识我的善意

和我的威力。我看得出

我们在这儿可以过得幸福,

正如男男女女

在欲求简单的时候。几乎同时,

我预见到你要离去,

由于我的帮助,你们敢于迎战

汹涌咆哮的大海。你认为

几滴泪水就让我心烦意乱? 我的朋友,

每个女巫在心里

都是实用主义者;谁不能面对局限

就看不到本质。如果我只想留下你

我可以把你留作囚犯。[16]

　　格丽克的诗作《喀耳刻的威力》开头诗句:"我从没有把任何人变成猪。/ 有些人就是猪;我让他们 / 有了猪的样子。"与男性诗人杰克·吉尔伯特诗歌《喀耳刻的打劫》的开头诗句:"喀耳刻对猪没有兴趣。/ 无论猪,狼,或是谄媚的狮子。"两位诗人虽然一个采用第一人称,一个采用第三人称,但都是喀耳刻的内心独白,意在申辩她与奥德修斯的同伴变为猪没有任何关系,两首诗的表白方式与诗句的语言异乎寻常的相似。

　　格丽克的第二首喀耳刻的诗名为《喀耳刻的痛苦》:

我悲伤,悔恨

爱你那么多年,无论

---

16 〔美〕露易丝·格丽克(Louise Glück)《月光的合金:露易丝·格丽克诗集》,柳向阳译,上海人民出版社,2016 年,181-182 页。

你在还是不在，痛惜

那法律，那召唤

禁止我留下你，那大海

一片玻璃，那被太阳漂白的

希腊船只的美：我怎么

会有魔法，如果

我没有发愿

把你变形：就如

你爱我的身体，

就如你发现那时候

我们的激情超乎

其他一切馈赠，在那独一的时刻

超乎荣誉和希望，超乎

忠诚，以那结合之名

我拒绝了你

对你妻子的那种情感

正如愿意让你

与她安度时光，我拒绝

再次与你同睡

如果我不能将你拥有。[17]

这首诗充满了在场与缺席、爱与被爱、法律与职业、肉体与灵魂、忠诚与背叛二律背反式的自我拷问，是女神喀耳刻的内心独白。

格丽克的第三首书写喀耳刻的诗歌名为《喀耳刻的悲伤》：

"最终，我让自己

被你妻子知道，正如

神会做的那样，在她自己屋里，在

伊萨卡，只有声音

而没有身形：她

停止了织布，她的头

先转向右，再转向左

17　《月光的合金：露易丝·格丽克诗集》，191-192 页。

虽然，当然不可能

顺着声音找到任何

目标：但我猜想

当她回到她的纺布机旁

她心里已经知道。等到

你们再见面时，请告诉她

这就是神说再见的方式：

如果我一直在她的脑子里

我也就一直在你的生活中。[18]

　　格丽克的诗歌《喀耳刻的悲伤》的主旨是喀耳刻想象奥德修斯回到伊萨卡与久别的妻子重逢，而她只能忧伤地向情人奥德修斯说再见。诗歌着重描述了珀涅罗珀拥有织机的空房以及珀涅罗珀直觉到丈夫的外遇。

意大利画家，罗伯特·费里（Roberto Ferri，1978-），《喀尔刻》（Circe）。

18　《月光的合金：露易丝·格丽克诗集》，193 页。

　　罗伯特·费里是现代派的古典主义画家，他的画风深受巴洛克风格及象征主义影响，雕塑般写实性的人物造型，他把古典主义主题与现代理念嫁接组合，具有暴力血腥诡诞的风格。《喀耳刻》仍然借用古典题材。画中喀耳刻裸体斜坐在一个大理石基座上，她身体微倾，红发披肩，双手把弄魔碗，身后是一圆形镜子，引人注目的是她的膝盖似被割裂，显得殷红。大概大理石基座雕刻的猛兽表明了喀耳刻的身份。这幅油画与约翰·威廉姆·沃特豪斯油画《喀耳刻把酒杯给尤利西斯》较为相似。

　　加拿大当代著名诗人、小说家和批评家玛格丽特·阿特伍德（Margaret Atwood）曾写过一首名为《瑟茜／泥浆之歌》的诗，这首散韵相杂的长诗出自她的诗集《你快乐》（1974 年），是关于喀耳刻神话的书写。诗中采用第二人称，表达喀耳刻与奥德修斯相遇之后的种种有关性的幻想和想象。它不具有完整的情节，是碎片化的片断组合，像是一曲"恋人絮语"。其中有这样的诗句："那些长着鹰脑袋的男人／不再令我感兴趣／或猪男子，或是那些能够／借助蜡翅膀和羽毛飞翔的人"诗句提示喀耳刻的神话，又暗示伊卡洛斯的坠落的神话。

> 那可不是我的错，这些动物
> 都曾经是情人
> 那可不是我的错，这些猪嘴
> 如猪蹄，舌头
> 变厚，变粗糙，嘴巴生出
> 獠牙和软毛[19]

　　这几句诗表明喀耳刻试图为自己辩护，奥德修斯的同伴变为猪不是她的过错。曾经的情人变成猪，是情人们的过错，而非是她的巫术魔药使然，这种表白意图洗刷她无端蒙受的冤屈，自己为自己正名。而奥德修斯在与喀耳刻相处时，情欲勃发，动作粗鲁，使喀耳刻深感厌恶。诗中写到：

> 垂下我的双臂
> 垂下我长发间的头颅
> 嘴巴凿开我的脸庞
> 与脖子，手指摸索着深入我的肉体

19　［加］玛格丽特·阿特伍德，《吃火》，周瓒译，河南大学出版社，2015 年，244页。

（放开，这是勒索，

你强迫我的身体坦白

太快也

太不完善，它的词语

哑默而破碎）

如果我不再相信你

这就成了厌恶

为什么你需要这个？

你想要我承认什么？[20]

在这首长诗中阿特伍德还编撰了一个新神话："当他年少时，他和另一个男孩用泥浆制作了一个女人。她始于脖子，结束于膝盖和手肘：他们只顾及了必要之物。每个阳光灿烂的白天他们都会划船来到这座小岛，她就住在这里，下午时分当太阳温暖了她，他们便与她做爱，沉迷于她柔软潮湿的肚腹，在她被虫子蛀过的棕色肉体上小草已经生根。他们轮流与她做爱，他们不嫉妒，她也喜欢他们俩。然后他们会修补她，把她的臀部堆得更宽阔，增大她的乳房用闪亮的石子做乳头。"[21]这个"泥浆女人"是奥德修斯与同伴在年少时期的"杰作"，一种性幻想的解决之道。显然，这个新造的神话是阿特伍德对《圣经》中上帝泥土造人神话的续写和改写，小岛被描述为新"伊甸园"。在诗集《你快乐》中还有组诗《变形者之歌》，书写了诸如公牛、老鼠、乌鸦、蚯蚓、猫头鹰、狐狸等动物。其中包含了塞壬神话的改写的诗《塞壬之歌》。《猪之歌》则是喀耳刻神话的书写。此诗如下：

Pig Song

BY Margaret Atwood

This is what you changed me to:

a greypink vegetable with slug

eyes, buttock

incarnate, spreading like a slow turnip,

a skin you stuff so you may feed

20　《吃火》，245-246 页。

21　《吃火》，253-254 页。

in your turn, a stinking wart

of flesh, a large tuber

of blood which munches

and bloats. Very well then. Meanwhile

I have the sky, which is only half

caged, I have my weed corners,

I keep myself busy, singing

my song of roots and noses,

my song of dung. Madame,

this song offends you, these grunts

which you find oppressively sexual,

mistaking simple greed for lust.

I am yours. If you feed me garbage,

I will sing a song of garbage.

This is a hymn.[22]

这首诗的汉语译文为：

这是您把我变成的样子：

一颗粉灰色的蔬菜，鼻涕虫的

眼睛，半个屁股

成形，展现如一根迟钝的萝卜，

一副皮囊由您填充，为了轮到您

可以吃，一粒腐臭的

肉瘤，一颗巨大的血色

块茎，它大声咀嚼

并膨胀。好了。此时

我拥有这天空，仅占半个

猪圈，我有属于我的杂草丛，

我让自己一直忙碌，唱着

我的根茎和鼻子之歌，

---

22 https://www.poetryfoundation.org/poetrymagazine/poems/32772/pig-song。

我的粪之歌。女士，

这支歌冒犯了您，这些呼噜声

您感觉它们很闷骚，

错认单纯的贪婪为活力。

我是您的。如果您喂给我垃圾，

我将唱一支垃圾之歌。

这是一曲赞美诗。[23]

　　这首诗中提及的"鼻子之歌"、"粪之歌"、"垃圾之歌"、"赞美诗"汇成了一曲《猪之歌》。诗人为贪婪、肉欲、闷骚、肮脏的猪而歌唱，而这些猪正是奥德修斯们——即男性的变形与化身。

三、喀耳刻的"经典化"：古典神话的重述

　　除了诗歌书写喀耳刻的神话外，像小说这样的叙事文学也重述或者化用这个古老的神话。朱迪斯·亚娜尔提到："近几十年来，被喀耳刻——奥德修斯的神话所吸引的文学和视觉艺术家主要是女性，她们毫不犹豫地想象这个历史上缺失的观点。尤多拉·韦尔蒂出版于1955年的《伊妮斯菲伦的新娘和其他的故事》，玛格丽特·阿特伍德出版了24首诗的组诗《喀耳刻／泥浆之歌》和1974年出版的诗集《你快乐》，她通过魔法的眼睛凝视世界并用她那善解人意的声音说话。至少还有两位女作家凯瑟琳·安妮·波特和托妮·莫里森也提及过这个神话，但没有把喀耳刻作为叙述者。"[24]从朱迪斯·亚娜尔的论述中可以看出，玛格丽特·阿特伍德对女巫喀耳刻的神话情有独钟，持续书写。或许她为喀耳刻的神话深深触动，或许她把她的经历作为思想的载体，古典神话在阿特伍德诗中再次化腐朽为神奇，奇妙地寄寓了她的女性主义思想。

　　喀耳刻的神话不仅是诗人所喜爱改写的题材，而且还是小说家创作的灵感来源。美国当代女小说家马德琳·米勒（Madeline Miller, 1978-）是一位重述希腊神话的杰出小说家。她的第一部小说《阿基里斯之歌》取材于荷马史诗，第二部小说《喀耳刻》同样是以荷马史诗《奥德赛》中的女巫喀耳刻为核心，把古代的希腊诸神几乎全部串联起来，展示了一幅希腊诸神的世俗生活

---

23 《吃火》，225-226页。

24 Transformations Of Circe: The History of an　enchantress.p.182.

画卷。史诗《奥德赛》的改写主要在小说《喀耳刻》的第十四章《猪》，第十五章《奥德修斯》，第十六章《我愿意收留你》，第十七章《归乡》。小说开头喀耳刻以第一人称的叙述视角宣示了她地位的卑贱以及自我的认知："我出生时，尚没有词语定义我这样的存在。他们叫我宁芙，以为我与母亲、七姑八姨，以及成千上万歌姐妹没什么两样。作为此等女神中最无足轻重的那一类，我们的神力是那么微弱，就连保我们永生都费力。我们与鱼交谈，滋养花朵，从云层中呼雨露，自海浪中唤盐霜。宁芙这个词，将我们的未来尽数铺开。在我们的话语中，它不仅意味着女神，更意味着新娘。"[25]喀耳刻告诉世人她是一位女神，这是另一种话语系统的称谓，一种自我的称谓，它与男性主宰的话语体系截然不同。她在神界被边缘化污名化并非是自己的过失，而是制度性的歧视造成的。实际上她们有自己的话语，潜在地与"他们"的话语区别开来。在她和她们的世界里她不是女巫，而是女神；她不是妓女，而是新娘。

小说《喀耳刻》中讲述喀耳刻与奥德修斯的相遇纯属偶然。小说写道："他们纷至沓来，至今我也说不上为什么。也许是命运的流转，商船航路的改变。也许是空气中飘荡着的某种气息：这里有宁芙，而且她们孤零零的。"[26]奥德修斯及其同伴成了商人，他们的商船在海上迷路误入喀耳刻的领地。"他们中的极少数，少到我用十个指头数得过来，被我放走了。他们没有用我泄欲。他们是信奉神灵的人，真的迷了路。我会喂饱她们，如果他们当中有谁比较帅气的话，我可能还会让他上我的床。这不是出于欲望，甚至跟欲望不沾边。那是某种愤怒，是一把用我来对付自己的尖刀。我之所以这么做，是为了证明我的身体依旧由我做主。至于我是否喜欢自己得到答案？"[27]至于那些被喀耳刻变为猪的人，则是由于他们的好奇心和误以为女性是弱者。小说借喀耳刻之口说道："事后，很多年后，我听到一首为我们的相遇而作的歌谣。吟唱那首歌谣的男童唱得不怎么样，跑调的时候比着调的时候还多。但纵使他践踏诗文，诗文的甜美音律依然光芒万丈。我并不惊讶自己被描绘成什么样子：高傲的女巫拜倒在英雄剑下，跪在地上恳求他开恩。贬低女性似乎是诗人的主要娱乐消遣。好像我们不趴在地上痛哭流涕，这世界上就没

25　[美]马德琳·米勒，《喀耳刻》，姜小瑁译，中信出版社，2021年，3页。

26　《喀耳刻》，233页。

27　《喀耳刻》，234页。

故事可讲。"[28]这段类似独白性的话语清楚地表明，女性小说家马德琳·米勒不仅颠覆了原著的情节，而且还讽刺了包括荷马史诗在内的诗人对女性的污蔑和偏见。

凯瑟琳·安妮·波特（Katherine Anne Porte，1890-1980）是美国记者、散文家、小说家和政治活动家。她的 1962 年的长篇小说《愚人船》（Ship of Fools）是一部畅销书，也是她唯一的一部长篇小说。书写人们海上航行的遭遇与《奥德赛》有互文关系。15、16 世纪荷兰画家博斯（Hieronymus Bosch，1450-1516）曾创作过油画《愚人船》（The Ship of Fools）在这幅油画中，博斯想象整个人类正乘着一条小船在岁月的大海中航行，小船则是人类的象征。托妮·莫里森的小说《所罗门之歌》也化用了喀耳刻的神话。美国文学理论家哈罗德·布鲁姆在《如何读，为什么读》一书对小说《所罗门之歌》这样解读："恰当地说，青年奶娃·戴德综合了父亲的贪欲和母亲的唯我主义。他模仿哈姆雷特，把哈格尔——他的奥菲莉亚——刺激至疯狂，冷酷地拒绝她，而由于哈格尔无法忍心杀死奶娃，所以她自己最终死了。奶娃曾徒劳地竭力要在贪图金钱上超越父亲，之后开始另一次求索，这次求索正是《所罗门之歌》的主要力量所在。他跑去南方找祖地沙理玛，在那里一个令人诧异的干瘪老太婆瑟丝向他讲述他家族的真正历史。

这次回到沙理玛，带来了一次喀耳刻式的变形记，不过却是颠倒过来的变形记：奶娃痛苦而缓慢地达成他真正的内在形式。"[29]

在小说《所罗门之歌》中奶娃·戴德寻找的老太婆名为"瑟丝"，这名字即是女神喀耳刻。她是一位"老祖母式的"往事的讲述者，这样的讲述其实是一种文化追忆和寻根。小说中还写道奶娃·戴德的梦境："他小时候曾经做过梦，那是差不多每个孩子都会做的梦。他总是梦见女巫追着他沿着一条阴暗的小路跑下去，两边是树木和草地，最后总是跑进一个房间，再也无处可逃了。有的女巫身穿黑色衣裙，内套红色衬裤；有的长着粉色的眼睛和绿色的嘴唇；有小个子的，又长身子的，有拧眉攒目的，有笑容满面的，有厉声高叫的，也有放声大笑的；有的飞，有的跑，有的只是在地面上滑。所以，当他看到楼顶上的女人时，已经无路可退，只好迎着她张开的双手走上楼梯，

---

28 《喀耳刻》，249 页。

29 ［美］哈罗德·布鲁姆（Bloom.H），《如何读，为什么读》，黄灿然译，译林出版社，2017 年，304 页

她的手指为他大大分开着，她的嘴对他大张着，她的眼睛在吞噬着他。在一个梦境中，他爬上了楼梯。她抓住了他，抓住他的双肩，把他拉向自己，然后紧紧地把他搂在怀里。她的头靠在他的胸前，他感到她的头发就在他的下巴底下，她瘦骨嶙峋的双手像钢簧似的摩擦着他的脊背，她松软的嘴唇往他的背心里呼哧呼哧地吐着气，弄得他头晕目眩；不过他心里清楚，总是就在着向他一扑或令人厌恶的拥抱的刹那间，他一定会随着一声尖叫、一挺身子就惊醒过来的。"[30]这个梦境几乎就是有关女巫的种种形象的描述。弗洛伊德曾说："梦因愿望而起，梦的内容即在于表示这个愿望，这就是梦的主要特性之一。此外还有一个不变的特性，就是们不仅使一个思想有表示的机会，而且借幻觉经验的方式，以表示愿望的满足。"[31]按照精神分析学的说法，奶娃·戴德梦境中的"树木和草地""房间""衬裤""嘴唇"等词汇或意象都是性的象征，而象征关系则是一种比拟。弗洛伊德指出："女性生殖器则以一切有空间性和容纳性的事物为其象征。"[32]因此，"房间"即是"子宫"。"树木和草地"喻指"女性器官繁复部位则常比喻有岩石，有树，有水的风景。""嘴唇代表阴户"。弗洛伊德曾引述《新约》中话语，"女人是较脆弱的器皿"。并针对这句话解释说："犹太人的圣书，文体颇近于诗，也颇多性的象征的表示，这些象征不常有人了解，所以其注释，例如在'所罗门之歌'内，曾引起误会。在后来的希伯来文学内，也常常以房屋比喻女人，用门户比喻生殖器的出入口；譬如男子若发现妻子已不是处女，就说，'我发现门已经开了。'"[33]它既是西方民间有关女巫的传说的汇总或者说集体无意识，又是奶娃·戴德的个体无意识。梦见巫婆有可能反映了男性对阉割的恐惧，或是和母亲、女性之间关系的紧张。

综上所述，喀耳刻形象古老而现代，复杂而多变。无论她被书写成是一个诱惑者，一个食人的女萨满，还是被书写成一个巫术操演者，一个任性的少女，一个怀春的女子等。现代诗歌基本上都在颠覆传统的喀耳刻神话，创造一个喀耳刻的新神话。喀耳刻从神话到艺术，从绘画到诗歌，从神话到小说不断地被艺术家挪用重写，产生新的文本，这些文本因喀耳刻神话而交织，

30　［美］托妮·莫里森，《所罗门之歌》，胡允桓译，南海出版公司 2013 年，267-268 页。

31　［奥］弗洛伊德，《精神分析引论》，高觉敷译，商务印书馆，1996 年，95 页。

32　《精神分析引论》，117 页。

33　《精神分析引论》，122 页。

并形成互文性。喀耳刻神话的书写从"污名化"到"去正典化"再到"经典化"的过程，隐含了回到古典还是打破传统，难分难解又争论不休的话题。西方当代文学艺术对喀耳刻神话的书写，既是远古神话的现代重述，又是古典神话的再生。但又不是简单的重述与再生，而是批判性颠覆性的改写。是否可以这样认为，西方文化的创造性，某种程度上是包括神话在内的西方文化可再生性激发出的活力与潜能，而古典神话则是西方文化持续创新的活水源头。

第十章　安德洛墨达从神话到艺术

　　安德洛墨达是希腊神话中的埃塞俄比亚公主，她的母亲四处炫耀女儿的美貌，引起海神妻子安菲特里忒的妒忌，安菲特里忒要求海神波塞冬替她报复，波塞冬就派海怪刻托（Ceto）蹂躏埃塞俄比亚，安德洛墨达的父亲十分害怕，请求神示，神谕显示拯救国家的唯一办法是献上女儿安德罗墨达。就这样，父母把美丽的女儿安德罗墨达锁在海边，准备祭献给海怪，碰巧被英雄珀尔修斯遇见。这是一次奇妙和挽救生命的遇见，古罗马诗人奥维德在《变形记》中讲述了珀尔修斯第一眼看见安德罗墨达的情景："珀尔修斯看见她两臂绑在粗硬的岩石上，除了她的头在清风中微微飘动，除了热泪沿着两颊簌簌地流着以外，他真以为她是大理石雕像呢。"[1]珀尔修斯一见钟情，杀死海怪，解救安德洛墨达，并与之结为夫妻。安德罗墨达的神话有两个核心情节：一是"活人献祭"，二是"英雄救美"。尤其是安德罗墨达被缚于岩石和珀尔修斯"英雄救美"的神话叙事神话成为西方文学艺术经常表现的主题。

　　希腊神话经由文字叙述转换为可视的图像，即神话图像化的方式主要基于瓶画、壁画和雕塑等形式。庞贝出土的壁画《珀耳修斯与安德洛墨达》（图①）据信创作于公元 1 世纪。壁画中安德洛墨达身着金色长裙，金发束扎，面色平静，赤脚站在岩石上。珀尔修斯除环绕脖子的披风外，几乎全身赤裸，他侧身站立，一脚踩在岩石，另一脚踏在地上。他的右手托着安德罗墨达的

1　[古罗马]奥维德，《变形记》，贺拉斯，《诗艺》，杨周翰译，上海人民出版社，2016 年，122 页。

左手腕，左手握剑，剑柄缠绕着墨杜萨的头颅。整幅壁画保存完好，画面清晰，人物姿态自然，充满了温情，表现珀耳修斯解救安德洛墨达的瞬间片刻。

①庞贝壁画，《珀耳修斯与安德洛墨达》（Perseus and Andromeda）。

　　古城庞贝出土的《珀耳修斯与安德洛墨达》的壁画不止一幅，如图②也是表现安德罗墨达神话的壁画。上一幅图示表明珀尔修斯已经解救了安德罗墨达，这一幅表现他被锁在巨石上，双臂张开，"空中飞人"英雄珀尔修斯正要去营救安德罗墨达的瞬间。画中巨石耸立于大海，怪兽从海水中探出了头颅，岸上还有围观的人群以及亭阁建筑。有论者指出："古罗马绘画中对玻耳修斯（Perseus）和安德罗墨达（Andromeda）的描绘通常遵循着一些固定的程式，大多以单个场景的形式出现。例如，在庞贝壁画中，玻耳修斯一手拿着美杜莎的头，把安德罗墨达解救出来。"[2]这大概是在描述前一幅壁画。

2　贺林龙，《断裂与延续——古罗马壁画的叙事结构研究》，《美术观察》2020 年，第 6 期，92 页。

②珀尔修斯与安德罗墨达，壁画，159cm×119cm，公元前1世纪晚期，美国大都会博物馆。

艺术，尤其是绘画艺术一般主要表现安德洛墨达被囚禁与被解救的场景。西方艺术史上这个同一主题的画作可分两种类型：一是再现被铁锁捆绑在巨石上的安德洛墨达；二是再现帕尔修斯如何解救安德洛墨达。"被捆绑的安德洛墨达"几乎就是女版的"被缚的普罗米修斯"。最早表现安德洛墨达神话的大概是古希腊悲剧家欧里庇得斯写作的剧本《安德洛墨达》。但原作已经失传，欧里庇得斯的《安德洛墨达》被认为是写于公元前417年。英国学者伍德福德曾指出："这位无辜的少女的悲惨命运让公元前5世纪的悲剧大家感兴趣——索福克勒斯和欧里庇得斯都创作出有关这一主题的作品（今已失传）——这些戏剧作品以及英雄救美的浪漫故事引起了视觉艺术家们的兴趣。早期反映珀尔修斯故事的作品以墨杜萨的形象为主，而后来安德洛墨达的形象越来越重要，这些作品中的安德洛墨达形象或是尚在危险之中，或是在珀尔修斯杀死海怪之后，在一幅罗马绘画中，珀尔修斯正殷勤地帮助安德洛墨达走下她曾经被缚的岩石。这幅画可能是一幅公元前 4 世纪的希腊作品的摹本，被杀的海怪尸体趴在左下方。罗马人很喜欢这个场景，在庞贝城的多户人家里都能看到这幅画（与原作的一致程度或多或少）"[3]即是说，在希腊悲剧家欧里庇得斯之后，古罗马也已经有绘画版或壁画版的《安德洛墨达》。公元前 240 年安得罗尼库斯（Andronicus）创作的高底鞋剧（fabula cothurnata），其中就有《安德洛墨达》（Andromeda）。公元 2 世纪希腊的阿伯德拉城曾上演过欧里庇得斯的《安德洛墨达》。西班牙文学史上最杰出的经典作家、剧作家和诗人菲利克斯·洛佩·德·维加·依·卡尔皮奥（Félix Lope de Vega y Carpio，1562-1635）曾创作过神话戏剧。这类戏剧大多以古典神话人物为主角，尤其以爱情故事为主。如戏剧《维纳斯和阿多尼斯》《珀耳修斯》等。《珀耳修斯》讲述的即是珀耳修斯解救安德洛墨达的故事。17 世纪法国作曲家马克·安托万·夏庞蒂埃（Charpentier, Marc-Antoine）创作了《安德洛墨达》（Andromede1682）的音乐作品。音乐家莫扎特也曾创作过《安德洛墨达》的歌剧。自文艺复兴始，意大利绘画大师皮耶罗·迪·科西莫（Piero di Cosimo，1462-1522）、提香·韦切利奥（Tiziano Vecellio，约 1488／1490 年-1576 年），画家艺术理论家乔尔乔·瓦萨里（Giorgio Vasari，1511-1574），17 世纪佛兰德斯画家彼得·保罗·鲁本斯（Peter Paul Rubens）（1577-1640），荷兰画家伦勃朗·哈尔曼松·凡·莱因（Rembrandt Harmenszoon van Rijn，1606-1669）。18 世纪法国画家让·奥古斯特·多米尼克·安格尔（Jean Auguste Dominique Ingres，1780-1867），欧仁·德拉克罗瓦（Eugène Delacroix，1798-1863），19 世纪末英国画家弗雷德里克·莱顿（Frederic Leighton，1830-1896），法国插画大师古斯塔夫·多雷（Gustave Doré，1832-1883）等都曾创作过这个神话主题的艺术文本。19 世纪英国诗人约翰·济慈在他的诗歌中使用了神话典故，同为英国诗人的杰拉德·曼利·霍普金斯也写作过诗歌《安德洛墨达》。本文拟以安德洛墨达神话为主题的艺术文本进行比较分析。

3　［英］伍德福德，《古代艺术品中的神话形象》，贾磊译，山东画报出版社，2006年，133-134 页。

意大利，皮耶罗·迪·科西莫，《帕尔修斯解救安德洛墨达》，1510 年。

　　文艺复兴时期的绘画作品把安德洛墨达描绘成一位白人女性，引起较多
争议。原因是她本是埃塞俄比亚人，属于非洲黑人。这是一种典型的"文化
那用"现象。英国学者詹姆斯·O·扬在《文化挪用与艺术》一书中解释挪用
一词时说："《牛津英语大字典》将'挪用'定义为'对某件私人物品的复
制……；据为己有或者供自己使用'。这条解释准确地抓住了挪用的含义，
有的表演艺术家挪用其他文化的歌曲，有的艺术家则将其他文化作为自己创
作题材。艺术家们使用其他文化的风格、形式、情节和其他美学元素，收藏
家和博物馆则将其作为自己的私人财产。这些都是挪用的范例。"[4]皮耶罗·
迪·科西莫挪用了非洲文化元素，这一元素为种族的肤色标记，因此引起西
方文化界争议。图像学家欧文·潘诺夫斯基指出："皮耶罗·迪·科西莫［
Piero di Cosimo］（1461-1521）不是所谓的'大师'，但却是极有魅力，引人
兴致的画家。……在佛罗伦萨派的画家中，皮耶罗非常独特，这位极具想象
力的发明者，同时还是一个善于观察、令人惊叹的现实主义者。"[5]他的画作
《帕尔修斯解救安德洛墨达》（Perseus Freeing Andromeda），场面宏阔，人物
众多，刻画精细，动感十足。画中安德洛墨达被缚于岩石，上身被解开白衣，

4　［英］詹姆斯·O·扬，《文化挪用与艺术》，杨冰莹译，湖北美术出版社，2019
　　年，4 页。
5　［美］欧文·潘诺夫斯基，《图像学研究——文艺复兴时期艺术的人文主题》，戚
　　印平，范景中译，上海三联书店，2017 年，29 页。

露出双乳，下身白裤，身体右倾，肤色白皙。帕尔修斯戴着头盔，站在巨龙身上，手舞大刀，刺杀恶龙。画中的前景是围观的人群和黑人乐师等，他们肤色黝黑，着异域服饰。整幅画的背景是辽阔的大海，人物惊恐，表现各异，充满异国情调。科西莫大概是通过肤色以这表明安德罗墨达的出身和身份。潘诺夫斯基指出："如果我们牢记情感性的隔代遗传能使一个具有最高程度的审美活动和知识上的精雅，那么皮耶罗·迪·科西莫就可以称为一种隔世遗传的现象。在他的画中，我们面对的不是一个文明人的斯文怀旧，他盼望或假装盼望原始时代的幸福，而是一位碰巧生活在世故的文明时期的一个原始人的潜意识追忆。"[6]皮耶罗·迪·科西莫的油画《帕尔修斯解救安德洛墨达》唤起了他所处的那个时代人们的文化记忆。皮耶罗·迪·科西莫热衷于再现希腊古典神话题材，诸如女神维纳斯，爱神丘比特等。

提香，《珀耳修斯和安德洛墨达》，约 1554-1556 年，英国华莱士收藏馆藏。

6　《图像学研究——文艺复兴时期艺术的人文主题》，64 页。

意大利，安尼巴莱·卡拉齐（Anni-bale Carracci，1560-1609 年），《安德罗墨达》。

安尼巴莱·卡拉齐（Annibale Carracci1560-1609 年）是 17 世纪意大利学院画派的绘画大师。他推崇古典雕塑和拉斐尔、米开朗琪罗等盛期文艺复兴大师。在 1597 年为罗马法尔涅兹宫创作的以爱神为主的壁画，他创作的壁画融合众家之长，自成风格。壁画《安德罗墨达》是他创作的《众神之爱》穹顶壁画系列之一，画中安德罗墨达的双手被铁链固定在海中的岩石上，身体几近赤裸，侧身仰视空中乘着飞马的英雄珀尔修斯，眼中充满渴求。珀尔修斯一手提着墨杜萨的头颅，一手握剑正与与怪兽搏斗。壁画《安德罗墨达》细腻充满质感，犹如雕塑一般。

意大利文艺复兴时期的画家提香·韦切利奥（Tiziano Vecellio，约 1488／1490-1576）于 1551 年受西班牙王储、未来国王腓力二世委托，开始创作一个名为《诗歌》的系列油画，其取材于古罗马诗人奥维德的《变形记》。包括《达那厄》《维纳斯和阿多尼斯》《珀耳修斯和安德洛墨达》《戴安娜和阿克泰翁》《戴安娜和卡利斯托》《掠夺欧罗巴》，以及未完成的《阿克泰翁之死》。这些绘画的题材均来自希腊古典神话。他的油画《珀耳修斯和安德洛墨达》表现的是珀耳修斯解救安德洛墨达的瞬间动态。画中安德洛墨达双手被铁链束缚在岩石，左臂下垂，右臂上举，头颅左斜，盯看着珀尔修斯大战恶龙，她浑身赤裸，薄纱缠绕酮部，左脚抬起，右脚被绑于地，身体向前呈行走状。珀耳修斯身着红衣，凌空飞翔，右手挥舞弯刀，左手握着盾牌，正与恶龙厮杀。

皮埃尔-艾蒂安·莫诺《安德洛墨达与怪兽》，1757 年，现藏于美国纽约大都会博物馆。

　　大理石雕像《安德洛墨达与怪兽》是 18 世纪法国雕刻家皮埃尔·艾蒂安·莫诺的著名雕塑作品之一，雕刻家以细腻的手法塑造被绑在岩石上的安德洛墨达形象。她因挣扎而身体扭曲，抬头仰望充满渴求。在她的旁边，是一头张开血盆大口的怪兽。安德洛墨达扭动挣扎，想要极力挣脱束缚。这尊雕像遵循着古典主义的美学法则，刻画细腻生动，动感十足。

法国，安格尔，《珀尔修斯和安德洛墨达》。

　　法国古典主义画家让·奥古斯特·多米尼克·安格尔（Jean Auguste Dominique Ingres，1780-1867）的油画《珀尔修斯和安德洛墨达》表现的是珀尔修斯解救安德洛墨达的主题。画中安德洛墨达的双手被固定在巨石上，头颅后仰，全身赤裸，左脚在前，右脚在后，交叉站立。珀尔修斯全副武装，身披盔甲，头戴钢盔，骑着长有翅膀飞马，他双手执长矛，捅刺海水中恶龙的咽喉，画面古朴庄重，古典主义风格展露无疑。

意大利，瓦萨里，《拯救安德洛墨达的帕耳修斯》。

乔治·瓦萨里（Giorgio Vasari，1511-1574）是意大利 16 世纪的画家和美术理论家，著有记录文艺复兴时期画家轶事的《名人传》一书。他的这幅画也是表现珀耳修斯解救安德洛墨达主题和场景。安德洛墨达左手被锁在头部以上的岩石，右手被锁于身后。她浑身赤裸，身子微微向左弯曲。珀耳修斯戴着头盔，身着红色披风，双手在解开锁住安德罗墨达的铁链，身后是他的坐骑飞马，草地上放着梅杜莎的首级，流出的血都变成了珊瑚，海妖们好奇地把玩着它们。在背景的左方，有人用绞架将袭击安德洛墨达的怪物尸体拉上海边；远处是渐渐隐去的城市及三三两两的人群，自然景象与城市建筑统一在一幅画里，高度浓缩，场面宏大。

德拉克洛瓦，《安德洛墨达女神》。

法国古典主义画家欧仁·德拉克罗瓦（Eugène Delacroix, 1798-1863）的油画《安德洛墨达女神》选取的是安德洛墨达被囚禁主题。画中安德洛墨达裸体斜坐于岩石，身体丰腴，头颅右垂，双手被缚，表现她被囚禁时挣扎绝望。

鲁本斯 Rubens，Peter Paul，《珀耳修斯和安德洛墨达》Perseus Releases Andromeda。

17 世纪佛兰德斯画家彼得·保罗·鲁本斯（Peter Paul Rubens，1577-1640）的油画《珀耳修斯和安德洛墨达》选取了珀尔修斯解救安德洛墨达的片刻瞬间。画中人物众多，光线明亮。安德洛墨达被缚在岩石上，双手捆绑，身体丰满，全身赤裸，头颅左倾，羞怯温柔。她身上一条丝巾裹住右臂，垂落在身后，两边天使少女簇拥。珀尔修斯则身着盔甲，右手握住安德罗墨达的左手，右手执有美杜萨头像的盾牌，身后是一匹长翅膀的马匹，身边也有两位小天使。整幅油画人物造型各异，肢体语言丰富。

伦勃朗，《安德洛墨达》。

　　17 世纪荷兰画家伦勃朗·哈尔曼松·凡·莱因（Rembrandt Harmenszoon van Rijn，1606-1669）的油画《安德罗墨达》画面相对较为单一，仅有安德罗墨达。她的双手被高高地锁在岩石上，上半身裸露，双乳浑圆，腹部微凸，下半身围巾包裹，身材右斜，脸色苍白，满含悲伤。她的身后，岩石壁立，野草丛生，树木茂密。

18 世纪德国画家安东·拉斐尔·门斯（Anton Raphael Mengs，1728-1779）《珀尔修斯解救安德罗墨达》。

古斯塔夫·多雷，《安德洛墨达》。

　　法国插画大师古斯塔夫·多雷（Gustave Doré，1832-1883）的油画中安德洛墨达双手被铁索固定在巨大的岩石上，身体修长，扭曲为半圆形，该风吹拂着她的黑色的长发，遮盖了整个脖颈和头颅，看不清她的脸。她的双脚一前一后站在粗粝岩石上，屁股后背靠着岩石。脚下海浪拍击岩石，海水中黑色的海怪张开大嘴，似要吞噬安德洛墨达。这幅画描绘的是海怪张开大嘴即将吞噬安德洛墨达的瞬间，千钧一发，危机四伏，充满了紧张感和恐惧感。

英国，莱顿 Frederic Leighton，《珀尔修斯和安德洛墨达》。

　　19 世纪末英国画家弗雷德里克·莱顿（Frederic Leighton，1830-1896）的油画《珀尔修斯和安德罗墨达》同样是解救主题，但是立体表现。画中安德罗墨达双手被巨龙束缚，身材扭曲，头颅左垂，上半身赤裸，站在一"条"形岩石上，白裙半裹左腿，右腿侧露，头顶被恶龙身体遮盖。画的上方，珀尔修斯骑着飞马，从天而降，光芒四射。

英国爱德华·约翰·波因特（Edward John Poynter, 1836-1919），《安德洛墨达》，1869年。

爱德华·约翰·波因特的油画《安德洛墨达》取材于 16 世纪意大利诗人阿里奥斯特的诗集《狂乱之夜》所描绘的情节：安德罗墨达被囚禁海边岩石，浑身裸体，双手被缚，岩石下滚动着海水撞击所激起的朵朵白色的浪花，她忍受着风浪的袭击，孤独无助，一条绿色的围布缠绕着她的右脚踝，向上呈半圆形垂落在身后岩石，充满动感。整幅画人物线条流畅，姿态优美。

约翰·拉达姆·斯宾塞·斯坦霍普(John Roddam Spencer-Stanhope, 1829-1908)，female-nude, Greek-and-Roman-Mythology，《安德罗墨达》Andromeda。

　　约翰·拉达姆·斯宾塞·斯坦霍普（John Roddam Spencer-Stanhope，1829-1908）是 19 世纪英国艺术家。他与爱德华·伯恩·琼斯和乔治·弗雷德里克·沃茨被认为是第二波拉菲尔前派的画家。他的油画作品古典唯美，主题常以是神话、寓言、圣经为主。油画《安德罗墨达》选取安德罗墨达被缚于壁立岩石的场景，画中安德罗墨达右手捆绑于岩石之上，左手握捏长发，长发齐腰，盘发点缀小花，上半身红布带缚于双乳腰臂，脚腕被另一条红布带缠绕。她全身赤裸，立于壁龛之下，神色平静。

从上述西方艺术家表现《安德罗墨达》的油画看，画家们基本上有两种呈现神话主题的方式：一是安德罗墨达的被缚；二是珀尔修斯解救安德罗墨达。皮耶罗·迪·科西莫、提香、安格尔、瓦萨利、鲁本斯、莱顿等人表现的是珀尔修斯解救安德罗墨达。德拉克洛瓦、多雷、波因特等画家表现的是安德罗墨达被缚的主题。既然西方绘画大多选择两种方式表现安德罗墨达这个神话形象，在其他的艺术领域尤其是诗歌又是如何书写安德罗墨达这个古典神话呢？

古希腊女诗人萨福（Sappho，约公元前 612-? ）曾创作过诗作《致安德罗米达》

> 难道那么一个小小的村姑，
>
> 穿着乡下人的衣裳，真能引起你的宠爱》？
>
> 她甚至不知道该怎么样儿
>
> 提起长袍、露出脚踝。[7]

萨福诗作《致安德罗米达》极为短小，她称安德洛墨达为"乡下人"。古希腊视异乡人为野蛮人。前文提及，安德洛墨达是非洲埃塞俄比亚的公主——典型的异乡人。同为女性的诗人萨福显然看不起安德洛墨达，不仅身份低贱，而且身着破衣烂衫，如同乞丐一般。萨福笔下的安德洛墨达是一个落魄女子，一个乡下女子。如果不是有安德洛墨达这个名字，她几乎是普通人，根本不是公主，也不是神话中女主角。这首诗还有一种说法，据阿西奈俄斯的《学者夜宴》的解释："这是萨福在调侃她的情敌安德洛美达(Andrameda)"[8]如果是这样的话，那么萨福诗中的安德洛美达则是与古典神话同名的女子，而非埃塞俄比亚公主。

19 世纪初期英国诗人约翰·济慈（John Keats，1795-1821）在《如果英诗必须受韵式制约》一诗中说："如果英语必须受韵式制约／就像安德洛墨达／动人的商籁／痛楚而美好／却拖着脚镣。"[9]济慈的诗用安德洛墨达比喻来说明诗歌不要受陈旧的韵律束缚。济慈对于这个古典神话的理解与大多数艺术家表现安德罗墨达被缚的主题一致。英国诗人杰拉德·曼利·霍普金斯

7　田晓菲编译，《"萨福"：一个欧美文学传统的生成》，北京：生活读书新知三联书店，2019 年，102 页。

8　《"萨福"：一个欧美文学传统的生成》，103 页。

9　［英］济慈，《济慈诗选》，屠岸译，外语教学与研究出版社，2011 年，126-127 页。

（Gerard Manley Hopkins，1844-1889 年）是一位在诗歌韵律上大胆革新的诗人，他曾创作过一首《安德洛墨达》（Andromeda）的诗：

> Now Time's Andromeda on this rock rude,
>
> With not her either beauty's equal or
>
> Her injury's, looks off by both horns of shore,
>
> Her flower, her piece of being, doomed dragon's food.
>
> Time past she has been attempted and pursued
>
> By many blows and banes; but now hears roar
>
> A wilder beast from West than all were, more
>
> Rife in her wrongs, more lawless, and more lewd.
>
> Her Perseus linger and leave her tó her extremes?—
>
> Pillowy air he treads a time and hangs
>
> His thoughts on her, forsaken that she seems,
>
> All while her patience, morselled into pangs,
>
> Mounts; then to alight disarming, no one dreams,
>
> With Gorgon's gear and barebill, thongs and fangs.[10]

> 现在！时间的安德洛墨达困在这粗粝的岩石，
>
> 她的美无与伦比，她的伤害
>
> 也没人能比，远离大海的海岬，
>
> 她的花儿，她可怜的生命，注定为恶龙饕餮
>
> 时间流逝中她被不绝的打击和毁灭
>
> 侵迫追索；可是听那从西方而来比我们
>
> 所有更野蛮的一只野兽咆哮，更加
>
> 对她不公，更无法无天，更淫猥卑贱。
>
> 她的珀尔修斯徘徊而弃绝她于绝境中？——
>
> 一度踩在软枕般的天上他心思
>
> 挂念着她，她似乎被遗弃，
>
> 而一直以往她的耐心，碎成剧痛，
>
> 加剧，而后要放下屈服，无人梦想着，

---

10 Gerard Manley Hopkins The Major Works including all the peoms and selected prose.Published in the United States by Oxford University Press.2002.p.148.

以蛇发女怪的头饰和裸喙，鞭和毒牙。"

霍普金斯的这首十四行诗也是表现安德罗墨达被缚的主题，只不过他把安德罗墨达塑造成了一个怨妇或者思妇。诗中突出了安德罗墨达的美，"她的美无与伦比"，几乎是美的化身。但是着重书写她被摧残——美的毁灭。宏观意义看是美与丑的较量，善与恶的殊死搏斗。从原本神话来说，珀尔修斯与安德罗墨达仅是偶遇，他们并非以前就相识。因此，诗中安德罗墨达思念珀尔修斯纯属诗人的改写和想象。这首诗还把珀尔修斯解救安德罗墨达的神话与珀尔修斯砍杀蛇发女妖墨杜萨的神话串联在一起。古典神话里的安德罗墨达是一个无辜的受害者，她的罪过与被惩罚源自其母的吹嘘与海神之妻的妒忌。她是一个代母受过的替罪羊。勒内·吉拉尔在他的《替罪羊》一书中指出："在一个使人得出迫害结论的文献中并存好几种范式，但并不需要存在所有范式，其中三类就足够了，甚至经常是两类。它们的存在使我们确定：1. 暴行是真实的；2. 危机是真实的；3. 挑选牺牲品不是根据人们给他们的罪名，而是根据他们具有的受害者的标记；4. 整个运作的方向是将危机推到受害者身上，并通过消灭他们，或至少把他们驱逐出受'污染'的团体，来改变危机。"[11]按照吉拉尔的理论，安德罗墨达符合三项范式中的两项，即她的国家发生了危机和她被挑选做为牺牲品，这两项足以让安德罗墨达成为替罪羊。因此，安德罗墨达的神话是"迫害型神话"，它潜在的社会学意义旨在说明古代人类应对危机的方式：寻找替罪羊，并以"活人献祭"的方式化解危机。

美国学者海伦·文德勒在《打破风格》一书中专门有一章关于英国诗人杰拉德·曼利·霍普金斯的诗歌论述，她指出："肉体感知所带来的最初震撼，无一例外都会被霍氏十四行诗的后六句蒸馏提取成一种简短形式，这种形式不再出于感官，而是变为道德和智识，我们可以将其称为二阶内力。我毫不怀疑，这种渐进的压缩在结构上等同于在霍氏强大的感觉接收器官和他充满活力的智识器官内逐一进行的东西。因此，那些认为在对世界进行了精彩的感官演绎后还要'附加'上一层道德演绎是'破坏'了十四行诗的批评家们没能认识到霍氏作为一个艺术家的冲动，即，他不仅要表达他初始的感官过程，还要精确、完整地说出他内心的智识过程。他先是广泛接收，然后集中精神，再以一种接纳的态度传播，最后把感觉锻造成智识的形状。这就

11　［法］勒内·吉拉尔，《替罪羊》，冯寿农译，东方出版社，2002年，29页。

是霍氏整个存在的法则。"[12]诗歌《安德洛墨达》中关于美与丑、善与恶的较量大概是文德勒所谓的"智识"。

前文提及，按照勒内·吉拉尔的说法，安德罗墨达的神话是一则"迫害型神话"。就安德罗墨达神话本身而言，其叙事模式为英雄救美。精神分析学家埃里希·诺依曼指出："在心理过程的神话学模型中，把原型女性从父权乌罗波洛斯中解放出来是男性英雄的职责，他必须从龙那里救出被囚禁的处女。相对于父权乌罗波洛斯，现在的男性显现为个体的、人的形象，并引导原型女性——从父权和母权乌罗波洛斯中解放出来的女人或阿尼玛——进入他的领土，即父权制。"[13]珀尔修斯打败恶龙并解救安德罗墨达就属于这样的制度性安排。如果从久远的深层的神话意涵而言，那么安德罗墨达的神话隐含着母权制向父权制的转变或过渡；如果从心理学的层面解读，那么，女性的嫉妒成为安德罗墨达受迫害被囚禁的主要原因。在希腊神话中还有一则与安德罗墨达神话极为相似的神话——女神达娜厄的神话。她们同为埃塞俄比亚的公主，同样被亲人囚禁。只不过被囚禁的原因各不相同：安德罗墨达因美貌被妒忌，达娜厄则是因其父因神示而害怕王权更迭。此外，这两个神话还相互勾连，解救安德罗墨达的珀尔修斯恰好是达娜厄的儿子。如果从艺术性角度分析，达娜厄神话比安德罗墨达的故事更为曲折。

---

12 ［美］海伦·文德勒，《打破风格》，李博婷译，广西人民出版社，2020 年，27 页。

13 ［美］埃里希·诺依曼，《原型女性与母权意识》，胡清莹译，世界图书出版有限公司北京分公司，2017 年，20 页。

参考文献

1. ［德］莱辛，《拉奥孔》，朱光潜译，商务印书馆，2016 年。

2. ［英］罗伊·阿斯科特，《未来就是现在——技术 艺术 意识》，袁小潆译，金城出版社，2012 年。

3. Erika Fischer-lichte.Introduction: From Comparative Art to Interart studies. Paragrana. 2016.

4. ［荷兰］米克·巴尔，《绘画中符号叙述：艺术研究与视觉分析》，段炼编译，四川大学出版社，2017 年。

5. ［美］W·J·J·米歇尔，《图像理论》，陈永国，胡文征译，北京大学出版社，2006 年。

6. 朱光潜，《诗论》，生活·读书·新知三联书店，2012 年。

7. ［美］E·潘诺夫斯基，《视觉艺术的含义》，傅志强译，辽宁人民出版社，1987 年。

8. ［美］欧文·潘诺夫斯基，《图像学研究：文艺复兴时期艺术的人文主题》，页下注，戚印平，范景中译，上海三联书店，2017 年。

9. ［法］朱丽娅·克里斯蒂娃，词语、对话和小说，《主体·互文·精神分析:克里斯蒂娃复旦大学演讲集》，祝克懿，黄蓓译，生活·读书·新知三联书店，2016 年。

10. ［英］詹姆斯·O·扬，《文化挪用与艺术》，杨冰莹译，湖北美术出版社，2019 年。

11. ［法］萨莫瓦约著，《互文性研究》，邵炜译，天津人民出版社，2002 年。

12. ［美］杰克·斯佩克特，《艺术与精神分析》，高建平译，文化艺术出版社，1990 年。

13. ［奥地利］西格蒙特·弗洛伊德，《弗洛伊德论美文选》，张唤民，陈伟奇译，知识出版社，1987 年。

14. ［英］格丽塞尔达·波洛克，《分殊正典：女性主义欲望与艺术史的书写》，胡桥，金影村译，江苏凤凰美术出版社，2019 年。

15. ［美］史蒂夫·Z·莱文，《拉康眼中的艺术》，郭立秋译，重庆大学出版社，2016 年。

16. Ruth webb. "Ekphrasis, Imagination and Persuasion in Ancient Rhetorical Theory and Practice." Publishing by Routledge.2016.

17. 魏庆征编，《古代希腊罗马神话》，北岳文艺出版社，1999 年。

18. 李淼，刘方编，《希腊瓶画》，工人出版社，1987 年。

19. ［美］弗朗辛·普罗斯，《卡拉瓦乔传》，郭红英译，译林出版社，2017 年。

20. ［英］雪莱，《雪莱精选集》，江枫选编，北京燕山出版社，2004 年。

21. ［奥地利］西格蒙德·弗洛伊德，《性学三论》，贾宁译，译林出版社，2015 年。

22. ［法］乔治·迪迪-于贝尔曼，《在图像面前》，陈元译，湖南美术出版社，2015 年。

23. ［美］奥登，《奥登诗选》，马鸣谦，蔡海燕译，王家新校，上海译文出版社，2014 年。

24. ［美］《威廉·卡洛斯·威廉斯诗选》，傅浩译，译文出版社，2015 年。

25. Williams, William Carlos, Pictures From Brueghel and Other Poems (New York: New Directions Publishing Corporation,1962.

26. ［美］吉尔伯特·海厄特，《古典传统：希腊罗马对西方文学的影响》，王晨译，北京联合出版公司，2019 年。

27. ［美］理查德·豪厄尔斯著，《视觉文化》，葛红兵译，万华，曹飞廉校，译林出版社，2014年。

28. ［美］罗伯特·罗威尔（Robert Lowell），《美国自白派诗选》，赵琼，岛子译，漓江出版社，1987年。

29. ［美］阿瑟·丹托，《何谓艺术》，夏开丰译，樊黎校，商务印书馆，2018年。

30. ［美］尤妮斯·利普顿，《化名奥林匹亚——一段女人寻找女人的旅程》，陈品秀译，广西师范大学出版社，2008年。

31. ［英］诺曼·布列逊（Norman Bryson）《视阈与绘画：凝视的逻辑》，谷李译，重庆大学出版社，2019年。

32. ［英］克拉克，《现代生活的画像：马奈及其追随者艺术中的巴黎》，沈语冰，诸葛沂译，徐建校，江苏美术出版社，2013年。

33. ［英］约翰·伯格，《观看之道》，戴行钺译，广西师范大学出版社，2015年。

34. ［英］肯尼斯·克拉克，《裸体艺术——理想形式的研究》，吴玫，宁延明译，中国青年出版社，1988年。

35. ［加］玛格丽特·阿特伍德，《吃火》，周瓒译，河南大学出版社，2015年。

36. ［法］米歇尔·福柯，《马奈的绘画》，谢强，马月译，湖南教育出版社，2009年。

37. ［美］简·罗伯森，克雷格·迈克丹尼尔，《当代艺术的主题：1980年以后的视觉艺术》，匡骁译，江苏美术出版社，2013年。

38. ［美］尼古拉斯·米尔佐夫，《身体图景：艺术、现代性与理想形体》，萧易译，重庆大学出版社，2018年。

39. ［美］哈罗德·布鲁姆，《如何读，为什么读》，黄灿然译，译林出版社，2017年。

40. ［英］济慈，《济慈经典诗选》，张子建译，中国画报出版社，2013年。

41. 王佐良，《英国诗史》，译林出版社，1997年。

42. ［英］诺曼·布列逊，迈克尔·安·霍丽，基恩·莫克西编，《视觉文化：图像与阐释》，易英等译，湖南美术出版社，2015年。

43. ［英］安德鲁·本尼特，《文学的无知——理论之后的文学理论》，李永新，汪正龙译，河南大学出版社，2015 年。

44. ［苏］梅热拉伊蒂斯，《人：梅热拉伊蒂斯抒情诗集》，孙玮译，外国文学出版社，1991 年。

45. 李永斌，《阿波罗崇拜研究》，商务印书馆，2015 年。

46. ［意］斯蒂芬尼·坦菲编，保罗·弗兰杰斯著，《秩序之美：拉斐尔作品赏析》，王静，皋芸菲译，北京时代华文书局，2018 年。

47. ［奥地利］西格蒙德·弗洛伊德，《列奥纳多·达·芬奇和他的童年的一个记忆》，载《弗洛伊德论美文选》，张唤民，陈伟奇译，裘小龙校，知识出版社，1987 年。

48. ［意］廖内洛·文杜里，《艺术批评史》，邵宏译，商务印书馆，2020 年。

49. ［法］萨比娜·梅尔基奥尔·博内，《轻浮的历史》，赵一凡译，上海书店出版社，2017 年。

50. 《圣经》，新标准修订版，新标点和合英汉本，中国基督教协会，南京，1995 年。

51. 黄其洪，《艺术的背后——德里达论艺术》，吉林美术出版社，2007 年。

52. ［比］帕特里克·德·莱克，《解码西方名画》，丁宁译，生活·读书·新知三联书店，2011 年。

53. ［德］沃日恩格尔，《勃鲁盖尔》，徐颐译，北京出版集团公司，北京美术摄影出版社，2015 年。

54. ［意大利］威廉姆·德洛·鲁索，《勃鲁盖尔》，姜亦朋译，北京时代华文书局，2015 年。

55. ［意］戴维·比安科，《勃鲁盖尔》，郭晶译，安徽美术出版社，2019 年。

56. Williams, William Carlos, Pictures From Brueghel and Other Poems (New York: New Directions Publishing Corporation, 1962.

57. ［波］维斯瓦娃·希姆博尔斯卡，《希姆博尔斯卡诗集 I》，林洪亮译，东方出版社，2019 年。

58. ［英］杰克希利尔，《浮世绘》，温嘉宝译，湖南美术出版社，2017 年。

59. Anne Baring and Jules Cashford,The Myth Of The Goddess:Evolution of an image, Published in penguin Books.1993.

60. Homeric Hymns.second edition.Translation Introduction, and Notes By Apostolos N.Athanassakis.The Jons Hopkins University Press.2004.

61. ［古希腊］赫西俄德，《工作与时日 神谱》，张竹明，蒋平译，商务印书馆，1996 年。

62. ［古希腊］荷马，《伊利亚特》，罗念生，王焕生译，人民文学出版社，1997 年。

63. ［古罗马］贺拉斯，《贺拉斯诗全集》（上），李永毅译，中国青年出版社，2017 年。

64. ［法］丹纳，《希腊的雕塑》，傅雷译，上海书画出版社，2011 年。

65. ［英］彼得·福勒，《艺术与精神分析》，段炼译，四川美术出版社，1988 年。

66. ［美］塔贝尔（Tarbell, F.B.），《希腊艺术史》，殷亚平译，格致出版社，2010 年。

67. ［法］兰波，《兰波诗歌全集》，葛雷、梁栋译，北京燕山出版社，2016 年。

68. ［法］兰波，《兰波作品全集》，王以培译，作家出版社，2011 年。

69. ［德］朝戈·弗里德里希，《现代抒情诗的结构：19 世纪中期至 20 世纪中期的抒情诗》，李双志译，译林出版社，2010 年。

70. ［美］O·V·魏勒，《性崇拜》，历频译，中国文联出版社，1988 年。

71. ［英］莎士比亚，《莎士比亚叙事诗——维纳斯与阿董尼》，方平译，上海译文出版社，1985 年。

72. 周平远，《不朽的维纳斯》，重庆出版社，2012 年。

73. Dante Gabriel Rossetti.The House of Life Sonnets Poems.St.Petersburg Azbooka Publishing House.2005.

74. ［英］但丁·罗塞蒂，《生命之殿》，叶丽贤译，华东师范大学出版社，2019 年。

75. ［奥地利］里尔克，《里尔克诗选》，绿原译，《绿原译文集》第四卷，人民文学出版社，2017 年。

76. ［美］华莱士·史蒂文斯，《史蒂文斯文集：我可以触摸的事物》，马永波译，商务印书馆，2018 年。

77. ［美］哈罗德·布鲁姆，《诗人与诗歌》，张屏瑾译，译林出版社，2020 年。

79. ［俄］玛琳娜·伊万诺夫娜·茨维塔耶娃，《茨维塔耶娃诗集》，汪剑钊译，东方出版社，2011 年。

78. ［古希腊］阿波罗尼俄斯，《阿耳戈英雄纪》，罗逍然译笺，华夏出版社，2011 年。

79. ［法］马拉美，《马拉美诗全集》，葛雷，梁栋译，浙江文艺出版社，1997 年。

80. ［法］雅克·朗西埃，《马拉美：塞壬的政治》，曹丹红译，河南大学出版社，2017 年。

81. ［法］东代著，《海妖的歌》，陈伟丰译，上海人民出版社，2004 年。

82. ［美］罗伯特·哈斯《亚当的苹果园》，远洋译，王冠校，江苏凤凰文艺出版社，2014 年。

83. ［法］让·皮埃尔·韦尔南，《宇宙、诸神与人》，马向民译，文汇出版社，2017 年。

84. ［德］海涅，《海涅诗选》，冯至译，人民文学出版社，1978 年。

85. ［美］普拉斯，《普拉斯诗选》，陆钰明译，花城出版社，2014 年。

86. ［美］露易丝·格丽克，《直到世界反映了灵魂最深层的需要：露易丝·格丽克诗集》，柳向阳译，上海人民出版社，2016 年。

87. ［德］埃利希·诺伊曼，《大母神——原型分析》，李以洪译，东方出版社，1998 年。

88. 王晓朝，《希腊宗教概论》，上海人民出版社，1997 年。

89. ［苏联］M·H·鲍特文尼克等编著，黄鸿森，温乃铮译，《神话辞典》商务印书馆，1997 年。

90. ［爱尔兰］威廉·巴特勒·叶芝，《丽达与天鹅》，裘小龙译，四川文艺出版社，2017年。

91. ［美］阿尔伯特·莫德尔，《文学中的色情动机》，刘文荣译，文汇出版社，2006年。

92. ［加拿大］诺斯罗普·弗莱，《世俗的经典：传奇故事的结构研究》，孟祥春译，世纪出版集团上海人民出版社，2009年。

93. ［奥］《里尔克诗选》，《绿原译文集》第四卷，绿原译，人民文学出版社，2017年。

94. ［美］威廉·塔克，《雕塑的语言》，徐升译，张一，琳琳校，中国民族摄影艺术出版社，2018年。

95. ［德］卡梅拉·蒂勒，《雕塑》，陈芳译，黑龙江美术出版社，2001年。

96. ［苏联］海通，《图腾崇拜》，何星亮译，上海文艺出版社，1993年。

97. ［英］拜伦，《唐璜》上，查良铮译，王佐良注，人民文学出版社，1980年。

98. ［西班牙］塞万提斯著，《塞万提斯全集》（4），吴健恒译，人民文学出版社，1996年。

99. ［英］乔叟，《乔叟文集》上，方重译，上海译文出版社，1979年。

100. ［美］苏珊·桑塔格，《百感交集的皮刺摩斯与提斯柏》（一出短剧）张廷佺译，载《重点所在》，上海译文出版社，2011年。

101. ［法］米歇尔·布吕内，《戏剧文本分析》，刘静译，天津传媒集团，天津人民出版社，2017年。

102. ［美］斯蒂·汤普森，《世界民间故事分类》，郑海等译，上海文艺出版社，1991年。

103. 《莎士比亚全集》上，朱生豪等译，中国戏剧出版社，1997年。

104. ［意］乔万尼·薄伽丘，《西方名女》，苏隆编译，华文出版社，2003年。

105. ［黎巴嫩］汉纳·法胡里，《阿拉伯文学史》，郅溥浩译，宁夏人民出版社，2008年。

106. 《法国名家诗选》，飞白译，海天出版社，2014年。

107. ［俄］亚历山大·勃洛克，《勃洛克诗选》，郑体武译，上海译文出版社，2017 年。

108. ［英］沙拉·菲尔丁，《埃及艳后》，苏跃译，京华出版社，2007 年。

109. ［俄］阿赫马托娃，《没有主人公的叙事诗——阿赫马托娃诗选》，汪剑钊译，读者出版传媒股份有限公司，敦煌文艺出版社，2014 年。

110. ［俄］普希金，《埃及之夜》，磊然、水夫等译，人民文学出版社，2010 年。

111. ［英］德莱顿，《埃及艳后》，许渊冲译，漓江出版社，1994 年。

112. ［英］哈里卡纳，《性崇拜》，方智弘译，湖南文艺出版社，1988 年。

113. ［英］威廉·莎士比亚，《莎士比亚全集》（第八卷），朱生豪译，中国文史出版社，2015 年。

114. ［瑞典］马丁·佩尔森·尼尔森，《希腊神话的迈锡尼源头》，王倩译，井玲校，陕西师范大学出版社，2016 年。

115. 王以欣，《寻找迷宫——神话、考古与米诺文明》，天津人民出版社，2001 年。

116. 李淼，刘方编，《希腊瓶画》，工人出版社，1987 年。

117. ［法］让·皮埃尔·韦尔南，《宇宙、诸神与人》，马向民译，文汇出版社，2017 年。

118. ［英］罗杰·弗莱，《伦勃朗：一种阐释》，见《弗莱艺术批评文选》，沈语冰译，江苏美术出版社，2017 年。

119. ［圣卢西亚］德瑞克·沃尔科特，《德瑞克·沃尔科特诗选》，傅浩译，石家庄：河北教育出版社，2003 年。

120. ［英］格丽梅勒·格丽尔，《被阉割的女性》，杨正润，江宁康译，章兼言校，江苏人民出版社，1990 年。

121. ［俄］曼德尔施塔姆，《曼德尔施塔姆诗选》，智量译，华东师范大学出版社，2016 年。

122. ［英］丁尼生，《丁尼生诗选》，黄杲炘译，外语教学与研究出版社，2018 年。

123. ［古希腊］《希腊抒情诗选》，水建馥译，人民文学出版社，1988 年。

124. ［法］简·大卫·纳索，《俄狄浦斯情结：精神分析最关键的概念》，张源译，中国轻工业出版社，2017 年。

125. ［法］马科斯·扎菲罗普洛斯，《女人与母亲：从弗洛伊德至拉康的女性难题》，李锋译，福建教育出版社，2015 年，105-106 页。

126. 《法国名家诗选》，飞白译，海天出版社，2014 年。

127. ［瑞士］克劳德·伽拉姆，范佳妮等译，张巍校：《诗歌形式、语用学和文化记忆：古希腊的历史著述与虚构文学》，北京大学出版社，2017 年。

128. 《古罗马诗选》，飞白译，花城出版社，2001 年。

129. 杨超编著，《巴洛克与洛可可的浮华时代：17-18 世纪的欧洲艺术》，陕西出版集团，陕西人民美术出版社，2011 年。

130. ［美］海伦·文德勒，《打破风格》，李博婷译，广西人民出版社，2020 年。

131. ［美］乔丽·格雷厄姆，《众多未来》，金雯译，上海人民出版社，2020 年。

132. ［美］K·马尔科姆·理查兹，《德里达眼中的艺术》，陈思译，重庆大学出版社，2017 年。

133. ［瑞士］维雷娜·卡斯特，《童话的心理分析》，林敏雅译，生活·读书·新知三联书店，2010 年。

134. ［爱尔兰］诺拉·尼高纳尔，《蛾子纷落的时刻》，邱方哲译，北方文艺出版社，2016 年。

135. ［美］奥黛丽·沃德曼，《明亮的伏击》，远洋译，四川文艺出版社，2017 年。

136. ［加拿大］安妮·卡森，《卡森诗选 丈夫之美》，黄茜译，译林出版社，2021 年。

137. ［美］约瑟夫·坎贝尔，《千面女神》，黄悦，杨诗卉，李梦鸽译，北京联合出版公司，2021 年。

138. ［英］伍德福德，《古代艺术品中的神话形象》，贾磊译，山东画报出版社，2006 年。

139. H.A.Shapiro， Myth Into Art Poet and Painter in Classical Greece.London and New York.1994.

140. ［英］卡罗尔·安·达菲，《野兽派太太（达菲诗集)》，陈黎，张芬龄译，外语教学与研究出版社，2017 年。

141. ［美］杰克·吉尔伯特，《杰克·吉尔伯特诗全集》，柳向阳译，河南大学出版社，2018 年。

142. ［美］马德琳·米勒，《喀耳刻》，姜小瑁译，中信出版社，2021 年。

143. ［美］托妮·莫里森，《所罗门之歌》，胡允桓译，南海出版公司，2013 年。

144. 田晓菲编译，《"萨福"：一个欧美文学传统的生成》，生活读书新知三联书店，2019 年。

145. ［英］济慈，《济慈诗选》，屠岸译，外语教学与研究出版社，2011 年。

146. Gerard Manley Hopkins The Major Works including all the peoms and selected prose.Published in the United States by Oxford University Press.2002.

147. ［法］勒内·吉拉尔，《替罪羊》，冯寿农译，东方出版社，2002 年。

后 记

　　或许，本书取名《跨艺术比较论集》更为适合，它是二十余篇论文的汇集。上编是关于诗歌与绘画之间的互动转换研究；下编是跨艺术神话主题的比较研究。书中论文日积月累而成，留下了深浅不一的足迹。它是一段时光的注脚和记忆，想不明白说不明白的地方，责任全在作者。

　　从诗歌到绘画或者从绘画到诗歌被命名为跨艺术比较，主要意图是讨论各种艺术之间的转换，书中呈现的是个案研究。目之所见似乎没有专门跨艺术比较的理论与方法，只能以"他山之石"为例，做归纳推理。

　　英国学者内维里·莫利在《古典学为什么重要》一书中把"厘清过去，理解当下，放眼未来"作为每章的标题。显而易见，这 12 个字意味着古典学存在的价值与意义。他指出："在许多方面，过去对于当下都有价值，并将继续如此；因此，掌握关于过去的各个侧面的精确知识相当重要；同样重要的，是理解过去的这种价值如何产生，以及千百年来它如何被解读、被误读、被操纵。在对欧洲和北美有着重大意义的过往历史中，古典时代仍旧占据着显要的地位；这体现于其作为一种强大的文化观念乃至一种神话的角色。"[1]神话自然属于古典学研究范畴，但本书不是把神话作为探考的对象，而是作为跨艺比较的起点或者渊源，力图梳理神话在西方艺术中的嬗变。能否厘清过去？虽有此雄心壮志，但自觉有心无力。神话与古典学一样博大精深，有时只能望洋兴叹。

1　［英］内维里·莫利，《古典学为什么重要》，曾毅译，北京大学出版社，2020 年，
　　37 页。

神话在西方文学艺术中反复被书写改写重述再造，确认了一个事实，即神话不是一种已经死亡的文化遗产，它更像是一个幽灵，时不时出现在当代艺术之中。你不免会惊叹于它可再生的生命力，你也无法对它的存在视而不见；神话就像西方文化的基因，植根于西方传统的土壤，如果有适宜的气候温度，它就会自然生长，甚至绵延不绝。

感谢丛书主编著名学者曹顺庆教授，能将拙著纳入丛书出版。他领导的四川大学国家级重点学科比较文学研究基地名家云集，是国内比较文学研究的高地，令人景仰！感谢台湾花木兰文化出版社的慷慨资助！两岸携手，共倾心力，累积善念，令人感佩！